KB122150

"우주는 외부에 있는 것이 아니라, 인간의 영혼 속에 있다!"
재림에 대한 확신과 비젼은 여기서부터 비롯된다!

THE
PAROUSIA
(재림)

제1권　입문편

아리 킴(Ary Kim) 지음

서언

21세기는 전 세계적으로 교회의 위기 시대라고 할
수 있을 것이다. 크리스천의 본토라고 할 수 있는 서구
에서는 이미 기독교는 구시대의 유물 정도로 취급되어
쇠퇴의 말로(末路)에 서 있다. 우리 한국 교회도 성도
수가 극감하고 있는 실정이다. 서구 교회는 물론 한국
교회도 이 위기에서 반전을 꾀할 수 있는 큰 대안이 필
요하다. 침체된 기독교에 새로운 바람을 일으키는 방
법모색이 절실히 요구되는 시대다.

우선적으로 시급한 것은 교회 지도자들의 의식 구조
를 개혁해야 한다. 지금까지 가져왔던 지도자들의 고
정관념 · 선입견 · 편견을 버려야 한다. 전례없는 위기
를 감지하지 못하고 안이하게 현재에 만족한다면 불을
보듯이 뻔한 일이다.

상대성이론을 발견한 자는 아인슈타인이다. 그는 상

대성이론이 세상에 알려지기까지는 이름없는 스위스 특허청의 일개 하위 공무원이었다고 한다. 그러나 그로 말미암아 과학은 크게 발전하였다. 세상은 그 과학을 통하여 문명의 혜택을 맛보고 있다. 물론 그로 말미암아 핵무기 등 부정적인 요소도 없는 것은 아니지만 말이다.

아무튼 한 사람의 호기심과 연구가 세상을 바꿔놓은 좋은 사례라고 할 수 있을 것이다. 이런 성공을 거둔 것은 과학이 새로운 길을 선택했기 때문이고, 과학과 사람들이 고정관념 · 선입견 · 편견의 저항을 이겨냈기 때문이다.

우리 기독교 세계에도 그런 일이 생긴다면 얼마나 다행한 일일까? 만일 기독교계에서도 그런 일이 일어난다면 교회들도 쇠태의 퇴로에서 다시 도약의 길로 반전할 수 있을 것이다. 교계나 신학계가 다시 초대교회 때, 이상으로 성장할 수 있는 최대의 이슈는 과연 무엇일까? 재림에 대한 것 외에 없을 것이다. 재림의 바른 비젼은 초림의 불길이 거의 식어가는 오늘날의 교회에 새로운 불씨를 지펴주기에 부족함이 없을 것이다.

본 책은 재림에 대한 깊이 있는 연구를 목적으로 만들었다. 경성대학교 대학원 기독교학과 신학박사 학위 논문 "교회공동체의 신앙형성을 위한 재림 사상"을 읽고 난 후에 크게 느낀 바가 있어 쓰게 되었다.

필자는 논문에서 재림에 대한 주제로 다루어진 몇 가지 사항을 중심으로 집필하려고 한다. 본 박사 논문에서 주제를 택한 이유는 기독교계와 세상 사람들에게 재림에 대한 중요성을 널리 알리고자 함이다.

재림은 아직 학계에서 확립되지 않은 미개척분야이다. 이 분야는 주제가 새롭고 참신하다는 점 또한 매력적으로 다가오기 때문이기도 하다. 온전한 재림을 이해하기 위해서는 먼저 성서에 미개 공개된 부분을 발견하여 우리 크리스천들이 다 함께 공유해야 한다.

아무튼 이 책이 재림에 대한 좀 더 발전된 정보가 되어 성도 여러분들에게 더 큰 지식을 제공할 수 있는 좋은 책이 되기를 기원한다.

연구 개발은 어느 분야든 필요한 것이고, 각 분야를 발전시키는 원동력이 된다. 역사적으로 혁신, 혁명은 새로운 세계로 나아가는 교두보적 역할을 해왔다. 하지만 새로운 것은 또 늘 고정관념이나 선입견이나 편견에 의하여 저항을 받아왔다. 변화와 혁신은 그 저항을 이겨낼 때 비로소 성공할 수 있게 된다.

필자가 연구한 바로는 성서가 창세기부터 계시록까지에서 제시하고 이루겠다는 모든 소망은 재림을 통하여 다 이루어진다는 결론을 얻게 되었다.[1]

여기서 가질 수 있는 우리 크리스천들의 큰 위로와 기대는 하나님이 주시겠다던 성서에서 약속한 큰 선물들을 재림을 통하여 받게 된다는 놀라운 사실이다. 이 내용을 통해서 우리들이 알게 되는 것은 오늘에 이르기까지 우리는 하나님이 우리들에게 주시겠다던 진정한 선물을 한 번도 받아본 적이 없다는 것이다.

물론 작은 것을 받고도 많은 것을 받은 양, 감사함을 잃지 않는 것은 좋은 태도지만 성서를 통하여 우리들에게 주시겠다던 선물은 사실 그런 하찮은 것들이 아니다. 돈도 권세도 명예도 세상의 그 어떤 것도 하나님 입장에서는 작은 것이고, 하찮은 것들이다.

하나님이 우리 크리스천들에게 주시겠다던 진정한 선물은 바로 구원 천국 영생이다. 그러나 아직 진정한

---

1) 계21:6 "또 내게 말씀하시되 이루었도다 나는 알파와 오메가요 처음과 나중이라 내가 생명수 샘물로 목 마른 자에게 값 없이 주리니."

의미에서 그 선물을 받아 누린 자는 없었다. 재림을 통하여 그 선물을 받게 된다면 재림 시대를 기다리는 우리들이야말로 그 선물을 받을 수 있는 최대의 수혜자가 될 수 있다. 성서를 온전히 깨닫고 보면 그 모든 것은 재림을 통하여 완성된다는 것을 알 수 있게 된다. 재림 때, 구원 천국 영생이 완성되므로 그것을 온전히 깨닫게 되면 재림은 곧 모든 기독인들의 소원을 이루는 최고의 선물이 될 것이다.

따라서 우리는 이 시점에서 세계의 크리스천들과 함께 가장 크게 부흥할 기회를 여전히 잃지 않고 있다는 위로감을 공유할 수 있게 된다. 재림이 그 모든 열쇠를 가지고 있고, 우리는 그 재림을 기다리는 선택된 대상이란 사실이상 더 기쁜 일이 없을 것이다.

본 책은 재림을 기다리는 많은 성도들에게 재림의 임박성을 제공하게 될 것이다.

오래 전에 우찌무라 간조신학에 관심을 가지고 공부한 적이 있었다. 그에 대하여 논문을 쓴 바도 있다. 필자는 특히 구약의 선지서와 신약의 예언서 계시록을 보면서 무지를 실감하였다. 선지서와 계시록에 기록된 내용은 너무 난해하였다. 그래서 인연이 되는 교수님을 만나 여쭈었고, 찾을 수 있는 모든 자료는 다 뒤져 보았다. 그러나 선지서와 특히 계시록을 안다는 것은 거의 불가항력이었다.

늘그막한 나이에 그 갈증을 해소하기 위하여 타 대학원에서 비교 종교학을 공부하고 있다. 비교종교학은 필자에게 성서를 깊이 있게 깨달을 수 있게 하는 또 하나의 계기가 되었다. 아이러니 하게 그렇게 열심히 성서를 공부했지만 터득하지 못하던 것들이 세계의 다른 경서들을 연구, 비교하면서 깨닫게 된 것이다. 아마 비교종교학을 통하여 기독교 신학을 보는 거시적(巨視的, macroscopic)인 안목이 열린 것이다.

신학을 보는 시야가 넓어진 필자에게 또 하나 찾아온 행운은 한 분의 스승을 만나게 된 일이다. 은둔(隱遁) 스승이라 할 수 있는 이 분은 구약의 선지서는 물론 신약 계시록도 통달한 분이었다. 이 분은 성령이 함께 하시는 분임에 틀림없었다. 이 분의 가르침을 통하여 필자는 성서의 시작과 끝을 다 통달할 수 있게 되었다.

필자가 앞으로 펼쳐갈 지식과 지혜들은 많은 부분이 이 스승님으로부터 전수된 것임을 밝혀둔다. 이 지식과 지혜가 성령의 감동을 받은 스승으로부터 나왔다면 그 분에게 배운 지식과 지혜로 쓰는 이 책도 성령의 선물이라고 할 수 있을 것이다.

그런 의미에서 본 책이 선배 신학자님들이나 성도님들로부터 시험대가 될 수 있을 것이다. 부디 좋은 평가를 받을 수 있는 기회가 되기를 바란다. 좋은 평가가 필자를 기쁘게 하는 것은 물론 식어가는 세계교회와 한국교회에 새로운 열기를 불어넣을 수 있다면 우리 교계 전체의 복이 될 것이기 때문이다.

본 책을 내게 된 것은 점점 힘을 잃어가는 전 세계 기독교를 위하여 밀알같은 도움이 될까하는 바람에서다. 교계를 향하여 분명히 공유해야 할 재림에 대한 발전적인 정보를 통해 더 큰 믿음을 제공할 수 있는 기회가 되기 바란다. 구원과 천국과 영생을 기다리시는 많은 크리스천들에게 소망과 희망의 책이 되기를 기대해본다.

목차

제1장

선행지식

1. 성서를 보는 관점

본 책의 제목이 재림이지만 이 재림을 온전히 이해하기 위해서는 성경전서 전체의 핵심을 이해하지 않으면 힘들 것입니다. 그래서 재림이란 본론에 들어가기 전에 성경전서의 핵심을 이해하고 상고(詳考)하는 시간을 가지려고 합니다. 본론에 속히 들어가고 싶은 조급함이 있겠지만 재림에 대한 완벽한 이해를 도모하기 위해서 이 과정을 거쳐야 한다고 생각합니다. 제1권은 아마 재림을 이해할 수 있는 예비지식을 쌓는 공간으로 채워져야 할 것 같습니다.

우리가 단체여행이나 낯선 곳을 찾아갈 때, 사전 답사를 하거나 책이나 인터넷 등으로 미리 그곳에 대하여 사전조사를 하곤 합니다. 그곳에 혹여 위험 요소가 없는지 치안은 잘 되어있는지 교통편은 어떤 것들을 이용할 수 있는지, 찾아가는 방법이 어떤지 등 다양할 것입니다.

그렇듯이 성서를 보기 전에도 이런 사전 지식이 필요하다는 것입니다. 전체 분량은 얼마나 되는지, 구조는 어떻게 되어있는지, 어떻게 분류할 수 있는지, 문장에 쓰인 수사법은 어떤 것들이 있는지 내용의 해석 방법은 어떤지, 해석에 있어서 주의사항은 없는지 등이 필요합니다.

이러한 사전 지식을 통하여 성서를 읽을 때, 오류 없이 바르게 이해될 것입니다. 성서의 말씀을 하나님의 법이라고도 할 수 있을 것입니다.[2] 구약의 율법도 법이란 의미입니다. 법은 지켜야 하는 것이 의무일 것입니다. 그런데 그 법을 잘 못 해석하면 어떻게 지킬 수 있겠습니까? 성서를 읽을 때도 규칙이 있습니다. 이 규칙을 지키지 않고 읽었을 때, 오류가 생길 것입니다. 그렇게 되면 하나님의 뜻을 지킬 수 없습니다.

따라서 성서를 보는 관점을 가지고 성서를 읽어야 한

---

2) 히8:10 "또 주께서 가라사대 그날 후에 내가 이스라엘 집으로 세울 언약이 이것이니 내 법을 저희 생각에 두고 저희 마음에 이것을 기록하리라 나는 저희에게 하나님이 되고 저희는 내게 백성이 되리라."

다는 것이고 이것은 중요한 규칙입니다. 성서는 하나님의 말씀입니다. 하나님의 말씀은 하나님의 말입니다.

말에는 뜻이 있죠? 하나님의 뜻을 사람들에게 알려주신 것이 성서입니다. 그 뜻은 곧 하나님의 의지(testment)이고 하나님의 계획입니다. 신, 구약성경전서는 1,189장으로 이루어져 있습니다. 하나님이 사람에게 전한 메시지가 그만큼 많다는 것을 알 수 있습니다.

이 말씀이 아버지가 자식들에게 보낸 약속들이라면, 우리는 그 말씀을 읽고 아버지가 무슨 약속을 하신 것인지 알아야 할 것입니다. 그 약속하신 글을 읽고 이해하여야 자식들은 그 아버지의 뜻을 알고 행하게 될 것입니다. 그렇다면 성서가 하나님이 우리에게 보낸 약속이라면 우리는 그 약속의 글을 다 읽고 하나님이 우리에게 무슨 약속을 하신 것인지 이해를 해야 하는 것이 우리가 갖추어야 할 첫째 지식일 것입니다.

이 책을 보시는 독자 중에는 성경전서를 몇 독 정도하신 분들도 꽤 계실 것입니다. 그러나 아무리 다독을 하셨다고 할지라도 성서에서 하나님이 전하신 뜻을 온전히 아시는 분은 흔치 않을 것으로 압니다. 특히 예언 부분은 더욱더 그러할 것입니다. 대표적 예언서는 구약에서는 이사야서이며, 신약에서는 계시록입니다. 오늘날에 이르기까지 계시록을 온전히 깨달은 사람은 없다는 말이 지나친 말은 아닐 것입니다. 이 말에 웬만한 분들은 다 동의할 것입니다.

2. 성서 구조

성서를 바르게 이해하기 위해서는 성서의 구조를 알아둘 필요가 있을 것입니다. 성서를 연극의 대본이라고 가정해보겠습니다. 그러면 먼저 연극 장소인 무대가 필요한 것이고, 그다음 등장인물이 필요할 것입니다. 그리고 각각의 인물들에게는 역할이 있을 것이고, 이들 인물을 통하여 이루고자 하는 궁극적 목적이 있을 것입니다. 그 목적이 바로 이 연극의 주제라고 할 수 있습니다.

성서의 무대는 크게 하늘과 땅에 각각 있습니다(계 4:1-6, 창1:9-11,2:8). 여기서 하늘이란 영의 세계를 의미한다고 볼 수 있고, 땅은 육체들의 세계로 볼 수 있습니다. 또 하늘에도 성령의 세계와 악령의 세계가 있고(계4장, 벧전3:19-20), 땅에도 성령의 육체와 악령의 육체가 있습니다.

갈라디아서 3:2-3, 요한복음 3:5-6 "내가 너희에게 다만 이것을 알려 하노니 너희가 성령을 받은 것은 율법의 행위로냐 듣고 믿음으로냐 너희가 이같이 어리석으냐 성령으로 시작하였다가 이제는 육체로 마치겠느냐." "예수께서 대답하시되 진실로 진실로 네게 이르노니 사람이 물과 성령으로 나지 아니하면 하나님 나라에 들어갈 수 없느니라 육으로 난 것은 육이요 성령으로 난 것은 영이니."

등장인물은 크게 성령들과 성령이 임한 육체와 악령들과 악령이 임한 육체로 나눌 수 있습니다. 이 하늘과 땅의 나라에서 가장 중요한 인물은 하나님입니다. 하나님은 창조주이시기 때문입니다. 창조주는 만물 이전에 계신 분으로 이 분으로 말미암아 만물이 지은 바 되었습니다(창:1장, 요1장). 하나님은 성령의 나라의 왕이라고 할 수 있습니다. 그리고 창세기에는 뱀으로 계시록에서는 용으로 비유한 하나의 영이 존재하는 바, 악령의 왕입니다.

창세기 에덴동산을 예로 들어 이해를 도우면 이렇습

니다. 창세기 2:8 "여호와 하나님이 동방의 에덴에 동산을 창설하시고 그 지으신 사람을 거기 두시고" 이 사람들은 아담과 하와였습니다. 이때는 하나님도 에덴동산에 함께 거하셨습니다. 창세기 2:21 "여호와 하나님이 아담을 깊이 잠들게 하시니 잠들매 그가 그 갈빗대 하나를 취하고 살로 대신 채우시고."

에덴동산이란 무대에 등장인물을 정리해보면 하나님과 아담과 하와였습니다. 그런데 여기에 빠진 것이 있습니다. 성서를 영혼의 서사시나 영혼학(靈魂學)이란 표현으로 대신할 수 있을 것입니다. 그래서 아담과 하와가 육체라고 할 때, 아담과 하와의 영혼을 배제(排除)시킬 수는 없습니다. 창세기의 기록상 분석할 때, 아담과 하와는 생기로 만들어진 성령이 자신들의 영혼의 본질이었습니다.

이리하여 창세기란 무대에 등장한 인물들은 하나님, 아담의 육체와 영혼[성령], 하와의 육체와 영혼[성령]이라고 정리할 수 있을 것입니다. 이 세계가 땅에 있던 성령의 세계였습니다.

그런데 땅에는 이런 성령의 나라 외에 악령의 세계도 있습니다.

창세기 3:1,14 "여호와 하나님의 지으신 들짐승 중에 뱀이 가장 간교하더라 뱀이 여자에게 물어 가로되 하나님이 참으로 너희더러 동산 모든 나무의 실과를 먹지 말라 하시더냐 여호와 하나님이 뱀에게 이르시되 네가 이렇게 하였으니 네가 모든 육축과 들의 모든 짐승보다 더욱 저주를 받아 배로 다니고 종신토록 흙을 먹을지니라."

이상에서 하나님으로부터 저주를 받은 뱀의 등장을 알리고 있습니다. 여기서 '뱀의 실체가 무엇인가' 라고 하는 의문이 들 것입니다. 여기에 대해서는 뒷부분에서 다루기로 하고 여기서는 뱀이 악령이란 것 정도를 알고 넘어가겠습니다. 이리하여 이 땅에는 두 종류의 영혼이 있게 된 것임을 깨달을 수가 있겠습니다.

따라서 성서란 무대의 등장인물은 크게 성령들과 성령이 임한 육체들과 악령들과 악령이 임한 육체로서 성령이 임한 육체는 아담과 하와였고, 악령이 임한 육체는 뱀이었던 것을 알 수 있습니다(마23:33, 계20:2-3).

이제 이 단계에서 각각 인물들의 역할을 통하여 나타나는 일이 있습니다. 아담과 하와는 창세기 1:27절과 2:7절을 통하여 하나님께서 자신의 형상으로 창조한 생령(生靈)이었습니다. 이들의 영적 소속은 하나님 나라이었습니다. 하나님께서 아담과 하와에게 맡긴 역할은 선악과를 먹지 않는 것이었습니다.

그런데 뱀의 역할은 아담과 하와에게 선악과를 먹게 하는 미혹의 일이었습니다. 그 결과는 어떻게 되었을까요? 아담과 하와는 결국 뱀의 미혹을 이기지 못하고 말았습니다. 아담과 하와가 뱀에게 미혹 당한 죄과(罪果)는 무엇이었습니까? 여러 가지가 있지만, 그 가운데에 중요한 것이 '생령에서 흙으로 돌아간 일'이었습니다. 흙으로 돌아갔다는 의미는 하나님의 형상으로 창조된 생령이었던 아담과 하와가 죽은 영이 되었다는 것입니다. 이것은 성서의 주제와 목적을 알려주는 핵심내용입니다. 이것을 간단히 표현하면 인간의 망령(亡靈) 사건이라고 부를 수가 있을 것입니다. 그렇습니다. 창세기는 인간의 망령 사건을 기록한 것입니다.

이들의 악역을 통하여 하나님 나라에 문제가 발생한 것입니다. 이것은 인간의 본성이 변질된 사건이었습니다. 이것이 하나님이 당한 아담과 하와의 배신의 역사였습니다. 창세기는 하나님이 창조하신 아담과 하와가 하나님의 말씀을 지키지 않고, 뱀에게 미혹되어 영혼의 본성이 변질되어 버린 역사를 기록한 것이었습니다.

성서는 이러한 인류의 역사를 알려주어서 다시 처음처럼 회복하기 위하여 기록된 것입니다. 그러니까, 처음처럼 회복이 성서의 목적입니다. 이러한 것들을 통하여 초림과 재림의 목적 또한 유추할 수가 있게 됩니다. 성서는 이러한 목적 즉 인간의 본성 회복을 위하여 기록된 하나님의 시나리오입니다. 이 시나리오를 잘 이해하는 것은 성서의 주제를 파악하는 일이며, 성서의 목적을 이룰 수 있는 조건을 갖추는 일이기도 합니다.

그런데 하나님의 시나리오를 바르게 이해하기 위해서 넘어가야 할 큰 산이 하나 있습니다. 그것은 시편 78편과 마 13장[3]의 내용대로 성서는 창세기부터 비밀과 비유로 기록되었다는 사실입니다. 앞 문장에 나온 뱀은 창세기부터 비밀 비유로 기록되었다는 좋은 사례가 될 것입니다. 그리고 비밀로 기록된 성서는 정한

---

3) 시78:2, 마13:34-35 "내가 입을 열고 비유를 베풀어서 옛 비밀한 말을 발표하리니 예수께서 이 모든 것을 무리에게 비유로 말씀하시고 비유가 아니면 아무것도 말씀하지 아니하셨으니 이는 선지자로 말씀하신바 내가 입을 열어 비유로 말하고 창세부터 감추인 것들을 드러내리라 함을 이루려 하심이니라."

때[4]가 될 때까지 봉함[5]되었다는 것을 염두에 두지 않으면 안 됩니다. 이 내용은 이 책에서 다룰 성서를 보는 관점의 전환을 합리화시킬 수 있는 최강의 무기임을 밝혀 둡니다.

이 말씀에 근거하면 지금까지의 성서에 대한 접근방식과 그 결과로 얻은 해석은 이 부분을 무시한 관점에서의 해석이라고 지적할 수 있습니다. 지금까지의 성서관(聖書觀)은 이 사실에 비춰본다면 중요한 오류가 있었다는 사실을 지적하지 않을 수 없습니다. 오늘날의 신앙인들은 신약시대의 사람으로 신약의 예언을 믿는 사람들이고 신약에서 약속한 약속의 대상자라고 할 수 있습니다. 신약은 구약이란 말의 상대적 개념으로 새로운 약속이란 의미가 있습니다.

그래서 신약을 '새 언약'이라고도 합니다. 약속이란 약속을 할 때가 있고, 그 약속을 지킬 때가 있어야겠지요? 약속은 현재에 했으나 그 약속을 이룰 때는 미래입니다. 미래에 이룰 약속을 다른 말로 예언이라고도

---

4) 합2:3 "이 묵시는 정한 때가 있나니 그 종말이 속히 이르겠고 결코 거짓되지 아니하리라 비록 더딜찌라도 기다리라 지체되지 않고 정녕 응하리라."
5) 계5:1 "내가 보매 보좌에 앉으신 이의 오른손에 책이 있으니 안팎으로 썼고 일곱 인으로 봉하였더라."

합니다. 문제는 그 예언은 약속이 이루어질 날까지 봉함되어 있다는데 있습니다(단12:4,계5:1). 그런데 우리는 신약이 세워진 후, 약 2천 년간을 이 약속의 말씀을 가르치고 배워왔습니다. 그렇다면 오늘날까지 우리가 가르치고 배운 말씀들은 봉함된 상태에서 사람의 계명으로 받아들인 지식이었다는 비판을 피할 수는 없을 것입니다.[6]

신약성서의 핵심주제를 선택한다면 구원, 천국, 영생이란 말로 압축할 수 있을 것입니다. 그렇다면 우리가 현재 알고 있는 구원관, 천국관, 영생관도 봉함된 상태로 수용한 지식이라고 할 수 있습니다. 그 지식은 하나님이 주신 지식이 아니라, 사람이 준 지식이었습니다. 그것을 성서는 사람의 계명으로 배웠다고 합니다.[7] 사람의 계명으로 풀이한 결과물이 주석입니다. 주석은 하나님의 말씀을 사람의 뜻으로 풀이한 지식이라고 할 수 있습니다.

이런 점을 감안(勘案)한다면 지금까지 재림이나 종

---

6) 벧후1:20,사29:13 "먼저 알 것은 경의 모든 예언은 사사로이 풀 것이 아니니 주께서 가라사대 이 백성이 입으로는 나를 가까이하며 입술로는 나를 존경하나 그 마음은 내게서 멀리 떠났나니 그들이 나를 경외함은 사람의 계명으로 가르침을 받았을 뿐이라."

7) 주 5)

말에 대한 것으로부터 여러 예언에 대해서 잘못된 정보가 우리 기독 신앙인들 사이에 유통되고 있음은 일면 부인하지 못할 것입니다. 한때, 휴거 소동을 비롯한 시한부 종말론적 사회적 물의는 그런 잘못된 성서적 해석오류로 말미암아 빚어진 웃지 못할 해프닝(happening)이었다고 할 수 있습니다.

본 글은 이런 잘못된 정보를 배제하려고 성령의 도움으로 기록되었음을 다시 한번 피력하는 바입니다. 본 책을 이런 일면을 이해하고 읽는다면 성서를 이해하는 안목이 넓어질 것으로 생각합니다. 그래서 본 책에서는 기존 성서 해석학에 대하여 신 성서 해석학으로 구별 지어 부르기로 하겠습니다.

성서에 등장하는 가장 중요한 인물은 하나님입니다. 성서 전체는 하나님을 중심으로 시작되고 하나님을 중심으로 끝난다고 할 수 있습니다. 그러나 하나님은 영이시라 육을 가진 우리에게 모든 것을 직접 알려줄 수 없는 한계를 지니고 계십니다.

따라서 하나님은 말씀으로 당신 자신에 대해서도, 당신이 당하신 일도, 당신이 앞으로 하실 계획도 남기셨습니다. 그래서 사람이 하나님에 대하여 알 수 있는 유일한 방법은 말씀을 통하는 길 외에는 없다는 것입니다. 그런데 앞에서 창세기부터의 성서는 비밀과 비유로 기록되었다고 못 박고 있습니다. 하나님이 성서를 기록한 방법은 의로운 자를 택하여 성령의 감동을 주셔서 기록하셨습니다.[8] 하나님은 영이시고 사람도 영혼을 가졌기 때문에 하나님이 사람에게 성령을 주시면 하나님의 뜻을 사람에게 전해줄 수가 있습니다. 성령은 성령끼리 통할 수 있기 때문입니다.[9] 성서는 그렇게 쓰였습니다.

성서에는 하나님이 이루실 예언이 기록되어 있습니다. 그 계획을 정한 때가 되면 이루십니다(요14:29). 성서는 예언이 예언대로 이루어질 때, 진가가 드러나게 됩니다. 이루실 때는 정한 사람을 택하여 성령으로 감동케 하여 성서를 깨닫게 하십니다.[10] 그러함으로 성

8) 딤전3:16 "모든 성경은 하나님의 감동으로 된 것으로 교훈과 책망과 바르게 함과 의로 교육하기에 유익하니."

9) 고전2:10-12 "오직 하나님이 성령으로 이것을 우리에게 보이셨으니 성령은 모든 것 곧 하나님의 깊은 것이라도 통달하시느니라 사람의 사정을 사람의 속에 있는 영 외에는 누가 알리요 이같이 하나님의 사정도 하나님의 영 외에는 아무도 알지 못하느니라 우리가 세상의 영을 받지 아니하고 오직 하나님께로 온 영을 받았으니 이는 우리로 하여금 하나님께서 우리에게 은혜로 주신 것들을 알게 하려 하심이라."

10) 벧후1:21 "예언은 언제든지 사람의 뜻으로 낸 것이 아니요 오직 성령의 감동하심을 입은 사람들이 하나님께 받아 말한 것임이니라."

서는 하나님의 계획이기 때문에 사람의 능력이나 사람의 지혜로는 풀 수 없다고 한 것입니다.

그래서 본 책에서는 가급적 사람이 논한 주석이나 선지식들을 참고하지 않으려 노력하였습니다. 성서에 대한 문제는 성서에 그 답이 모두 있기 때문입니다(사 34:16). 그리고 성서의 문제는 성서에서 그 답을, 찾는 것이 당연하다는 생각에서입니다. 성서는 하나님이 문제를 기록하시고 하나님이 그 문제를 해결하시는 내용으로 기록되어 있습니다.

여기서 사람의 주석이나 선지식을 의지한다면 그 속에는 사람의 계명이 들어갈 위험이 매우 많습니다. 성서의 문제는 성서 속에서 찾아야 예언을 성서적으로 풀게 되는 것이고, 사람의 계명이 아닌 성령의 가르침이 될 수 있을 것입니다.

앞에서 성서의 문제는 인간의 본성이 변질된 사건이라고 지적하였습니다. 그렇다면 성서의 문제해결은 인간 본성이 처음처럼 회복하는 것임을 인지할 수 있습니다. 성서의 핵심키워드인 구원, 천국, 영생은 곧 이러한 차원에서 이해되어야 합니다. 즉 인간의 영혼이 뱀에게 속한 상태에서의 해방이 구원이요, 하나님의 형상 곧 성령이 인간에게 임한 나라가 천국이고, 인간의 영혼이 생령으로 회복되었을 때가 비로소 영생하게 된다는 것이 영생이 갖는 의미입니다.

이 구원, 천국, 영생이 초림의 목적이고, 재림의 목적입니다. 결국, 성서의 목적은 두 번에 걸친 하나님의 지상 강림으로 완성된다는 사실이 구약, 신약의 역할임을 알 수 있습니다(히9:28).

3. 성서에 입각한 하나님 소개

하나님은 어떤 분이실까요? 우리가 추상적으로 생각했던 하나님에 대한 인식은 사람마다 다를 수 있을 것입니다. 그런데 우리들은 그런 자기만의 하나님을 사람들에게 진리인 양 떠들썩거리며 가르치고 배우면서 살아왔답니다. 그렇다면 우리가 사는 이 사회에는 하나님에 대한 그런 정확하지 않은 인식들이 무분별하게 유통되고 있다고 볼 수 있겠습니다.

그 결과 일반인들이 알고 있는 하나님에 대한 지식 중에는 잘못된 정보가 많이 유입되어 있다고 봐야 합니다. 이러한 병폐는 오늘날 신앙사회가 불신임 받게 되는 데 일조를 하였다고 생각합니다. 그러한 하나님과 성서에 대한 무분별한 유통은 결국 하나님과 성서를 왜곡시키는 악역을 담당했던 것이지요.

그것은 첫 단추를 잘 못 채운 것으로 우리 크리스천들의 회개가 요구되는 대목이라고 여겨집니다. 그래서 본 책에서는 하나님을 성서의 말씀에 입각하여 재해석하고자 함을 비롯하여 잘못된 첫 단추를 다시 채워 신성서 해석학의 시대를 활짝 열어 펼쳐보고자 합니다.

성서는 시작과 끝이 하나님에 관한 것으로 이루어져 있으므로 하나님에 대한 잘못된 정보는 성서 전체를 오류로 이끌 수도 있다는 것입니다. 성서에는 하나님과 말씀을 동일시하고 있습니다. 그 정도로 성서는 하나님을 아는 것을 매우 강조하고 있다는 것을 알 수 있습니다(호4:6,6:6). 사람들에게 형상이 없으신 하나님을 알게 하는 방법은 말씀밖에 없습니다. 그래서 하나님을 정확히 아는 방법은 성서에서 찾아야 한다는 마땅함이 여기에 있다고 볼 수 있을 것입니다.

성서는 여러 곳에서 하나님을 만물의 창조자로 소개하고 있습니다(창1:1, 행17:24, 요1:3). 먼저 만물들은 모두 피조(皮造) 된 것인데 하나님만은 누구에 의하여 피조(皮造) 된 분이 아니란 사실이 기록된 성서의 내용을 살펴보기로 하겠습니다.

출애굽기 3:14 "하나님이 모세에게 이르시되 나는 스스로 있는 자니라 또 이르시되 너는 이스라엘 자손에게 이같이 이르기를 스스로 있는 자가 나를 너희에게 보내셨다 하라."

이 말씀은 모세가 그 장인 미디안 제사장 이드로의 양무리를 칠 때, 떨기나무 불꽃 가운데 계시던 하나님이 모세에게 직접 들려주신 내용이었습니다. '스스로 있는 자'를 한자로 표현하면 자존자(自存者)입니다. 만물은 만든 자가 없으면 존재할 수 없으나 하나님은 누구에 의하여 창조된 자가 아님을 밝히는 장면입니다. 필자는 이 부분을 좀 붙잡아두고서 여러 이야기를 나누고 싶습니다.

신앙인이든 비신앙인이든 할 것 없이 최초에 우주가 어떻게 시작되었을까? 또는 어떻게 만들어졌을까 하는 의문은 모두가 가지고 있는 의문일 것입니다. 그런데 이 성서 내용이 사실이라고 할 때, 우주 창조 이전에 자존자가 있었다는 사실은 많은 의문을 풀어줄 수 있는 해답이 될 수도 있습니다.

조금 후 다룰 내용이지만 유명한 세계적인 과학자들이 우주 창조에 대한 이론을 내놓고 있습니다. 그러나 아직 우주창조에 대해서 이해할 만한 답을 내린 과학적 결론은 없습니다. 그런 중에 성서에 창조 이전에 자존자가 있었다는 주장은 연구해 볼 만한 충분한 가치가 있는 과제라는 것이 틀림없을 것입니다.

여러분들은 먼지보다 더 작은 원자에 순식간에 초고열이 가해져 대폭발이 이루어져서 지금의 우주가 되었다는 설과 만물창조 이전에 자존자가 있었다는 말 중에 무엇이 더 신빙성 있는 주장 같습니까? 그 답은 그렇게 창조된 만물의 섭리를 보면 알 수 있을 것입니다. 그 만물 중 하나의 예가 될 수 있는 사람을 보겠습니다.

사람에게는 마음이란 것이 있어 생명이 유지되고 있습니다. 이 마음은 형체도 없습니다. 그러나 그 마음으로 인생이 전개되고 있습니다. 이런 인간이 먼지보다 작은 것에서 우연히 폭발하여 생겼겠습니까? 아니면 자존자가 있어 그의 능력으로 창조됐겠습니까? 아님, 여러분들은 먼지보다 작은 무생물에서 영혼이 나왔겠습니까? 영으로 영존하는 자존자로부터 영혼이 왔겠습니까?

우주 창조 전에 자존자가 있었다는 것은 오늘날까지 논쟁이 계속되는 창조론이냐 진화론이냐는 시비에서부터 종교 철학 과학 인류학 고고학을 아울러 모든 의문을 제거할 수 있는 통일장이론 [미주 1)을 참조]이 될 수 있을 것으로 봅니다.

그러나 이것이 가설이라 할 때, 전제되어야 하는 것은 우주 창조 이전에 자존자가 있었다는 증거를 확보해야 할 것입니다. 이 증거는 자존자가 실제로 존재한다는 사실을 증거 함으로 가능할 것으로 봅니다. 자존자는 창조주입니다. 자존자가 실재한다는 증거는 곧 창조주의 존재를 인정하는 것이 될 것입니다. 필자는 이 책을 통하여 창조주는 실재한다는 증거를 제시하려고 합니다.

자 그 고지를 향하여 다시 달려보겠습니다.

성서는 하나님을 영(靈)이라고 정의를 내리고 있습니다.

요한복음 4:24 "하나님은 영이시니 예배하는 자가 신령과 진정으로 예배할찌니라." 하나님은 영인데 성서 다른 곳에서는 이 분이 만유를 창조하신 분이며 신(神)이라고 소개하고 있는 것을 확보할 수 있습니다.

사도행전 17:24 "우주와 그 가운데 있는 만유를 지으신 신께서는 천지의 주재시니 손으로 지은 전에 계시지 아니하시고"라고 하였습니다.

이것으로 영과 신은 동의어(同義語)임을 알 수 있죠? 우주와 만물을 지으신 분은 하나님이신데 그분은 신이십니다. 이 대목에서 자존자(自存者)의 존재가 실존한다고 증명이 되면 세상에 신이 존재한다는 사실도 덤으로 증거 받는 이득도 얻게 될 것입니다.

창세기 1:1에는 "태초에 하나님이 천지를 창조하시니라"라고 하셨습니다. 태초에 하나님이 천지를 창조하셨다는 것과 창조주는 신이란 의미를 합하면 하나님은 창조신이라고 할 수 있겠습니다.

또 요한복음 1:1, 4에는 하나님은 말씀이며 그 안에는 생명이 있다고 하시고 그 생명을 또 빛이라고 하셨습니다. 이것을 통하여 생명의 근원은 하나님이란 사실과 그 사실은 말씀 속에 내포되어 있다는 것을 깨달을 수가 있습니다. 그렇다면 우리는 그 말씀 속에서 생명의 이치를 찾아 증거 할 수 있어야 하겠죠?

인류 세상은 생명체들과 더불어 살고 있습니다. 사람도 생명체고, 동물도, 식물도 생명체입니다. 모든 것이 하나님에게서 나왔음을 성서는 선포하고 있다고 봐야겠습니다.

창세기 1장과 요한복음 1장을 참고하면 하나님이 생명을 창조하는 방법은 말씀이었습니다. 하나님은 말씀으로 사람을 창조하셨습니다. 그런데 요한복음 1:4에 사람 안에 생명이 있다고 하셨습니다. 하나님으로부터 나온 사람에게 이렇게 생명이 있다면 그 생명은 하나님의 말씀으로 탄생 되었다고 할 수가 있을 것입니다. 그런데 그 생명은 육안(肉眼)으로 식별할 수 없습니다. 육안(肉眼)으로 볼 수 없는 생명을 어떻게 찾을 수 있겠습니까?

성서에는 하나님은 신이며 영이시다고 그 속성을 밝히고 있습니다. 신은 생각할 수 있는 능력이 있습니다. 그 생각이 표현되어 나간 것이 곧 말씀입니다. 그래서 말, 신, 영, 생명은 하나님 고유의 것이라고 할 수 있겠죠?

여기서 짚고 또 짚어야 할 사안은 생명에 대해서입니다. 성서는 생명의 근원이 무엇인가를 알 수 있도록 잘 기록해두었습니다. 하나님은 영이시면서 신이십니다. 그 영과 신은 생각을 할 수 있는 능력을 소유하고 있다고 합니다. 그 생각이 말씀으로 표현되어 성서가 기록되었습니다. 성서에는 생명에 관하여 이렇게 기록해두고 있습니다.

요한복음 1:3-4 "만물이 그로 말미암아 지은 바 되었으니 지은 것이 하나도 그가 없이는 된 것이 없느니라 그 안에 생명이 있었으니 이 생명은 사람들의 빛이라."

만물은 하나님으로부터 지은 바 되었다고 선포하고 있습니다. 만물 중에 생명도 있습니다. 그 생명의 출현은 어디로부터인가요? 하나님으로부터 입니다. 하나님은 영이고 신이십니다. 따라서 생명의 근원도 영이며, 신이라고 할 수 있을 것입니다. 여기서 사람의 근원 또한 영이며, 신이란 것을 잊어서는 안 될 것입니다. 소가 송아지를 낳고, 개가 강아지를 낳듯이 신이 창조한 사람도 신이란 것은 논란의 여지를 남기지 않죠?

그래서 사람의 생명을 연구하려면 신(神)에 대한 연구부터 착수하여야 할 것입니다. 그런데 사람에게 신은 어디에 있을까요? 사람에게는 영혼이 있고, 정신이 있습니다. 그리고 사람에게 영혼과 정신이 있어서 말을 할 수 있습니다. 또 사람에게는 생명이 있어 먹고, 마시고, 생각하고, 움직일 수 있습니다.

하나님의 고유한 것이 말, 신, 영, 생명인데 사람에게도 그것들이 오롯이 다 있다면 사람이 하나님에게서 왔다는 것을 부인할 수는 없을 것입니다. 그런데 요한복음 1장에서 말씀 안에 생명이 있다고 합니다. 그리고 그 생명이 사람들의 빛이라고 말씀하고 있습니다. 그렇다면 인간에게 말이 있다는 증거를 내놓을 수 있다면 인간은 하나님에게서 왔다는 증거가 될 수 있습니다.

인간은 입으로 말을 합니다. 말은 생각에서 나오고, 생각은 마음에서 나옵니다. 마음을 성서적으로 표현하면 영입니다. 하나님은 말씀이고, 그 말씀이 곧 영이고, 신입니다(요6:63). 그런데 사람에게도 말이 있고, 영혼이 있고, 정신이 있습니다. 이렇게 성서에서 소개한 하나님의 속성이 사람에게 그대로 내재 되어있음이 확인됩니다.

요한복음 6:63 "살리는 것은 영이니 육은 무익하니

라 내가 너희에게 이른 말이 영이요 생명이라." 살리는 것은 영이라고 합니다. 이렇게 살린 것이 인간의 생명이란 것을 알 수 있습니다. 그 생명의 재료는 말이었습니다. 그 말은 곧 영이며 생명입니다. 결국, 인간은 하나님의 영과 신과 말씀으로 탄생 되었음이 증거됩니다.

그래서 영과 신과 말과 생명은 사실상 다른 것이라고 보기보다 동일체로 보는 것이 옳다고 할 것입니다. 다만 그 역할에 따라 다른 이름이 필요할 뿐입니다. 여기서 생명의 실체를 다시 한번 되새길 필요가 있다고 생각합니다. 생명은 곧 영이며 신이며 말이며, 이 일체는 전부 하나님에게서 유래된 것이란 사실입니다.

이것을 통하여 사람이 말을 할 수 있다는 자체가 사람 안에 영혼이 있고, 정신이 있다는 뜻입니다. 따라서 사람이 하는 말은 사람에게 생명이 있다는 증거입니다. 그러므로 사람이 영이며, 신이란 사실은 사람들이 말을 할 수 있는 것을 통하여 증거가 됩니다. 그러해서 사람은 영이며, 신이며, 그 모체(母體)이신 하나님도 영이며, 신입니다. 이러한 사실로 증거되는 것은 사람 속에 있는 영혼의 실존성(實存性)입니다. 우리는 하나님이나 신이 없다고 생각하는 사람들을 많이 봅니다.

이 사람들이 이구동성으로 말하는 논리는 하나님의 존재를 눈으로는 확인할 수 없다는 것입니다. 그런데 사람 안에 있는 영혼도 눈으로는 보이지 않지 않습니까? 그러나 사람의 육체는 눈으로 볼 수 있습니다. 그런데 그 육체를 움직이는 원동력은 육체가 가지고 있지 않습니다. 우리는 육체를 움직이는 원동력이 마음이란 사실을 압니다. 그 마음이 곧 생명입니다.

그 마음은 곧 영혼이요, 정신입니다. 그 영혼이 곧 영이요, 그 정신이 곧 신입니다. 하나님은 눈으로 보이지 않으나 하나님이 계시므로 인간이 태어났습니다. 그 인간이 생명 활동을 할 수 있는 이유는 인간에게 영과 신이 실존하기 때문입니다. 인간에게 영과 신이 존재한다는 것을 증거 하는 것은 인간의 입에서 나오는 말입니다. 이것을 통하여 인간이 말을 할 수 있는 것을 통하여 인간이 영이며, 신이며, 생명이란 사실을 깨닫게 됩니다.

그렇다면 세상사람 중에 말을 못하는 사람이 있습니까? 말은 생각에서 나오고, 생각은 마음에서 나옵니다. 결국, 사람이 하는 말 자체가 영이며, 신입니다. 그 영과 신과 말은 하나님으로부터 부여받은 것입니다. 사람 중에 말을 못하는 사람이 없다면 사람은 모두 신이며, 영이란 증거입니다. 또한, 그러한 면에서 모든 사람은 하나님의 자녀들입니다.

따라서 모든 사람은 하나님의 피조물입니다. 그렇다면 하나님은 우리 모든 사람의 하나님이며 아버지가 됨을 알 수 있습니다. 그런데 왜 사람들은 하나님을 믿지 못하고, 미워하고, 알기를 원하지 않을까요?

첫 사람은 하나님으로부터, 온 것이라고 성서는 말해주고 있습니다. 그리고 모든 사람은 그 첫 사람으로부터, 왔습니다. 그렇다면 인류는 한 혈통으로 생겨난 하나님의 자녀들입니다. 그런데 세상에는 왜 그렇게 종교는 많고, 종파가 있고, 교파가 있을까요?

그렇다면 그 하나님의 영이 어떻게 우리에게 오게 되었을까요? 먼저 성서에서 그 답을 찾아보겠습니다.

사도행전 17:28-29 "우리가 그를 힘입어 살며 기동하며 있느니라 너희 시인 중에도 어떤 사람들의 말과 같이 우리가 그의 소생이라 하니 이와같이 신의 소생이 되었은 즉 신을 금이나 은이나 돌에다 사람의 기술과 고안으로 새긴 것들과 같이 여길 것이 아니니라."

우리 사람은 그를 힘입어 살며 기동하며 있는데, 시편 82:6[11]의 기록처럼 우리는 그의 소생이어서 신의 소생이 되었다고 합니다. 첫 사람이 신의 소생으로 세상에 태어났음을 암시하고 있습니다. 그는 하나님이고, 그는 신입니다. 그래서 그의 소생도 신이라는 등식이 성립됩니다. 이렇게 태어나는 과정을 창세기 1:27에서 확인할 수 있습니다.

"하나님이 자기 형상 곧 하나님의 형상대로 사람을 창조하시되 남자와 여자를 창조하시고" 그 신은 하나님이고, 그의 소생은 하나님의 형상 곧 신의 형상으로 태어난 첫 사람입니다. 성서는 이렇게 태어난 첫 사람을 모든 인류의 조상으로 소개하고 있습니다. 신이 사람을, 낳았으니 사람은 신의 아들이 아닌가요?

자 그 신의 후손들이 어떻게 되었을까요? 그 후손들이 곧 오늘날 전 세계 인류들입니다. 사도행전 17:26 "인류의 모든 족속을 한 혈통으로 만드사 온 땅에 거하게 하시고 저희의 년대를 정하시며 거주의 경계를 한하셨으니."

인류는 첫 사람의 후손들이 되어 오늘날 이렇게 살

---

11) 내가 말하기를 너희는 신들이며 다 지존 자의 아들들이라 하였으나

고 있지만, 인류는 한 혈통이라고 하십니다. 그 실상이 오늘날 전 세계 약 78억의 사람들이 아닙니까? 우리가 이렇게 서로 국경으로 갈라져 살고 있지만, 하나님은 우리를 한 혈통으로 만드셨다고 선포하고 있습니다. 이 부분에서 우리는 심각한 부끄러움을 느끼고 회개하여야 함을 자각해야 할 것입니다. 한 동포 한 가족들이 서로 욕심으로 전쟁하며 지내왔기 때문입니다.

성서의 이 말씀으로 근거할 때, 온 인류의 시조는 하나여야 되고, 온 인류의 창조주도 한 하나님이어야 할 것입니다. 그런데 민족은 왜 그리 많고 종교는 또 왜 그렇게 많습니까? 이렇게 뿔뿔이 흩어지고 산산조각이 난 인류는 오늘날 어떤 위기에 처해있습니까?

이 사실을 모르는 역사를 참역사라고 말할 수 없습니다. 이 사실을 모르는 과학을 진리라 할 수 있겠습니까? 이 사실을 모르는 종교가 참 종교가 될 수 있겠습니까?

그러나 성서에서 말하는 거주의 경계는 곧 국경이고, 년대를 정하셨다는 것은 모두가 한 혈통이니 하나 되는 날이 있다는 약속을 알려주신 것입니다. 하나 되는 날을 기약한 것을 보고 우리는 뿔뿔이 흩어진 일이 있었고, 산산이 쪼개진 날이 있었음을 감지할 수 있습니다.

창세기 6:3 "여호와께서 가라사대 나의 신이 영원히 사람과 함께 하지 아니하리니 이는 그들이 육체가 됨이라 그러나 그들의 날은 일백이십 년이 되리라 하시니라." 창세기 6:3절의 본 말씀은 하나님과 인간과의 관계를 여실히 보여주는 매우 소중한 단서를 우리에게 공급하고 있음을 알 수 있습니다. '여호와의 신이 사람과 함께 하지 아니하리니'에서 함유(含有)되어 있는 의미는 이 일 이전에는 여호와의 신이 사람들과 함께 하였다는 단서를 제공해주고 있습니다.

이 인용문의 내용은 함부로 간과해서는 안 될 성서적 매우 중요한 메시지를 담고 있습니다. 여호와의 신이 사람들과 함께할 때, 사람은 어떠한 영적 상황이었는가 하는 부분입니다. 단도직입적으로 표현하면 그때의 사람들과 지금 사람들과는 영적으로 어떤 구체적인 차이가 있는가 하는 점을 짚어보므로 우리가 가지고 있는 구원관, 천국관, 영생관, 재림관의 이정표를 다시 설정해야 한다는 당위성을 확보할 수 있다는 사실입니다.

이쯤 다시 한번 여호와의 신과 사람이 관계를 맺고 있는 현장을 찾아 그 내용을 깊이 있게 음미할 필요가 있을 것으로 간주 됩니다.

창세기 2:7, 1:27 "여호와 하나님이 흙으로 사람을 지으시고 생기를 그 코에 불어 넣으시니 사람이 생령(生靈)이 된지라 하나님이 자기 형상 곧 하나님의 형상대로 사람을 창조하시되 남자와 여자를 창조하시고."

위 인용문을 간략하게 간추리면 '하나님은 자신의 형상으로 사람을, 지었다' 하는 것과 '하나님의 형상은 생령(生靈)이다' 라고 압축 가능합니다. 그렇게 지어진 것이 사람이었습니다. 그때, 하나님과 사람의 관계는 같은 형상, 같은 형질을 가진 생령(生靈)이었습니다. 이때 생령(生靈)을 풀어서 표현하면, '산 영혼' 이라고 할 수 있을 것입니다. 그것을 '생 영혼' 이라고 표현해 봐도 좋을 것입니다.

하나님과 사람의 관계는 이렇게 성립이 되었음을 성서는 창세기를 통하여 보여주십니다. 이것이 하나님과 사람 간에 있었던 관계였습니다. '하나님의 영이 사람에게 와서 인간의 영혼이 되었다' 라는 것이 하나님과 사람과의 관계였습니다. 이것이 하나님이 창세기를 통하여 우리에게 보여준 성서의 역사였습니다.

그다음 성서의 문제는 이 관계가 무너짐으로 발생하게 된다는 중요한 메시지를 놓쳐서는 안 될 것입니다. 성서에서는 이러한 하나님과 인간의 관계를 암시하기 위하여 인간 사회서 사용하는 문자나 문장을 빌어 오셨습니다. 그런 방식이 하나님과 사람 관계를 마치 신랑과 신부의 관계로 설정해둔 것들입니다(사62:4, 렘 31:32). 신랑과 신부는 각각 다른 개체요, 결혼하면 신랑은 신부에게 장가들고, 신부는 신랑에게 시집을 와서 일심동체가 되어 공존 공생하게 됩니다. 이것이 결혼이라면 이 둘이 간음하거나 서로 마음이 맞지 않아 이혼하게 되면 신부는 과부 신세가 되며 그 자녀들은 고아의 입장이 됩니다.

하나님께서 성서를 기록하게 하신 방법이 그와 유사하다고 할 수 있습니다. 위 인용문에서 하나님은 사람에게 장가드신 격이고(호2:19), 사람은 하나님께 시집간 격이 됩니다. 사람은 육체가 있고, 하나님은 영이 있습니다. 그 영이 육체에 들어오게 되니 영은 집의 주인이 되고, 육체는 영의 집이 되는 것입니다(고전 3:6,9,16). 그렇게 하나님과 사람은 한집에서 살게 된 것입니다. 그런 의미에서 창세기 1:27절과 2:7절에서는 하나님과 사람[아담]이 결혼한 것으로 생각할 수 있습니다.

그러나 창세기 6:3절에서는 하나님과 사람이 서로 이혼한 관계가 되었습니다. 이 사건이 하나님이 우리 신앙인들에게 보내신 슬픈 역사 이야기입니다. 성서의 문제는 여기서 발단이 되었습니다. 아담과 하와는 하나님의 영과 결혼한 사이였습니다. 그들의 혼인 서약은 아담과 하와가 선악과를 먹지 않는 일이었습니다. 선악과는 뱀의 것이었습니다. 뱀은 성령이 아닌 다른 신입니다. 선악과는 다른 신의 양식인 우상의 제물이었습니다. 아담과 하와가 선악과를 먹은 것은 뱀과의 영적인 간음을 시사합니다. 이것이 이혼 사유가 된 것입니다. 성서에서 가장 큰 문제 발생은 하나님과 사람과의, 이혼이라고 할 수 있을 것입니다.

이 하나님의 말씀은 너무나 중요합니다. 이 말씀을 놓치고서 성서를 논할 수 없습니다. 이 내용이 성서가 생긴 이유이며, 이 사건이 우리가 천국을 필요로 한 이유가 되었으며, 이 내용이 우리 사람들에게 구원이 필요한 이유가 되었습니다. 또 이 내용은 우리 인류가 영적 고아가 되어버린 사건이기도 합니다. 인류를 낳은 하늘 아버지가 인류와 육체를 버리고 떠나가셨으니 당연히 인류는 영적 고아가 된 것은 틀림없는 사실이죠. 이 내용이 우리가 신에서 육체로 떨어진 슬픈 사건이며, 또 이 내용이 우리 인간의 수명을 120세로 한정시킨 사건입니다. 이것이 인간에게 찾아온 생로병사라는 애물단지입니다.

이 내용이야말로 우리 인간에게 생긴 문제를 이 한 문장으로 다 나타내 보여준 하나님의 말씀입니다. 이것이 하나님 당신이 사람에게 당한 영적 역사에 기인한 큰 사건이었습니다. 앞에서 사람은 하나님의 형상으로 지어진 신의 소생이며, 하나님의 소생이라고 했습니다. 그 실상은 인간에게 하나님의 영이 전이 되어 온 것입니다. 이를 하나님의 분신이라고 할 수 있겠습니다. 그 분신에는 하나님의 영이 함께 있었습니다.

그런데 위 내용에는 그 하나님이 이 이상 사람들과 함께하지 않는다고 선포하고 계십니다. 이는 곧 사람이 처음 받았던 영과의 이별을 의미합니다. 그 영이 사람들과 함께 있으므로 사람들에게 진정한 생명이 있었고, 빛이 될 수 있었고 이때 사람은 신이었습니다. 그리고 수명도 120세까지 정해지지 않았습니다. 그러나 이제 사람들은 육체가 되었다고 선포했습니다.

이 사건은 인간이 하나님으로부터 부여받은 모든 것을 잃어버린 사건 사고였습니다. 인간 세계에서 하나님이 떠난 사건이었고, 인간 각자에게는 하나님의 영이 떠난 사건이었습니다. 또한, 인간이 신에서 육체로 떨어진 기막힌 사건입니다. 이 사건이 하나님이 성서에 제시한 문제입니다. 이 문제를 깨닫게 되므로 동시에 성서의 목적을 알게 됩니다. 이것을 통하여 '왜 인간이 구원을 받아야 하는가' 라는 원인을 깨우치게 됩니다.

그런데 하나님이 왜 인간 세상을 떠나게 되었을까요? 첫째 원인이 아담과 하와가 '나 아닌 다른 신을 믿었기 때문입니다.' 나 아닌 신은 창세기에서 뱀으로 처음 등장합니다. 이때 뱀의 실상은 무엇일까요? 뒷부분에서 자세히 다루겠습니다.

그렇담 문제해결은 무엇일까요? 문제해결은 하나님과 사람이 화해하고 다시 결혼하는 일일 것입니다.[12] 이 내용을 잘 이해하면 성서에서 기록한 진정한 문제

---

12) re · li · gion:신과의 재결합

해결이 무엇인가를 모두 깨닫게 됩니다. 초림의 목적과 본 책의 제목인 재림의 목적도 여기서 찾을 수가 있습니다.

성서의 문제해결은 곧 인간의 구원입니다. 그 구원은 첫째 인간 세상에 들어온 뱀을 몰아내어야 합니다. 그다음, 인간 각자에게 들어온 뱀도 몰아내어야 합니다. 이 기막힌 사연이 있었기 때문에 하나님은 인류에게 성서를 주셨습니다.

앞 장에서는 처음 인간이 탄생한 순간을 다루어보았습니다. 진정한 참 구원은 그때로 온전히 회복되는 상황입니다. 그것이 성서에서 발생한 문제의 해결이고, 구원의 완성입니다. 이것과 본 책의 제목인 재림과는 밀접한 관계가 있습니다.

성서에서 구원 다음으로 중요한 것은 천국입니다. 천국은 무엇이며 어디에 있으며 우리는 어떻게 그 천국에 들어가게 될까요? 천국은 '하나님의 나라'를 한자로 표현한 것입니다. 하나님의 나라는 곧 '하나님이 계시는 곳'으로 정의를 내리면 틀림이 없습니다. 하나님이 서울에 계시면 서울이 천국이고, 부산에 계시면 부산이 천국입니다. 하나님이 각자의 사람에게 있으면 사람이 또 천국이 될 수 있습니다.

그러나 천국은 '나라'라는 말이니 그 나라 전체가 하나님의 영력일 때, 진정한 천국이라 할 수 있을 것입니다. 창세기 에덴동산에 하나님이 아담과 하와와 함께 있었으니 그곳을 천국이라고 할 수 있습니다. 그 천국이 다시 이 땅에 회복이 되면, 그곳이 성서가 소개하는 진정한 천국이 된다는 사실을 이 내용을 통하여 깨닫게 됩니다.

성서에서 천국 다음으로 중요한 것은 영생입니다. 영생에 대한 견해도 여러 가지지만 성서에서 말하고자 하는 영생관(永生觀)은 이러합니다. 위 인용문에서 하나님의 신이 사람에게서 떠나므로 인생들의 수명이 120세까지로 한정되어버렸습니다. 그러나 하나님의 신이 사람에게서 떠나기 전에는 죽음이 없었다고 성서는 기록하고 있습니다.

시편 82:6-7 "내가 말하기를 너희는 신들이며 다 지존(至尊) 자의 아들들이라 하였으나 너희는 범인 같이 죽으며 방백의 하나 같이 엎더지리로다"를 해석하면, 너희들이 신들일 때, 즉 하나님의 아들일 때는 죽음이 없었다는 의미가 아닙니까? 그러나 지금은 너희들이 범인(凡人)이 되었기 때문에 죽게 되었다고 합니다.

다시 앞의 인용문과 비교하여 보면 사람에게서 하나님의 신이 떠나기 전에는 수명이 120세로 한정되지 않았습니다. 하나님의 신이 사람에게서 떠나지 않을 당시 사람들은 범인이 아니라, 지존(至尊) 자의 아들의 신분이었습니다. 죽음은 하나님의 신이 사람에게서 떠나면서 시작되었고, 그렇게 신이 떠난 사람들이 범인이며, 육체라고 했던 것입니다.

앞에서 영과 신과 마음은 만물을 움직이게 하는 생명이라고 하였습니다. 신이 곧 생명이란 말이죠? 그렇다면 사람의 수명을 조정 할 수 있는 것은 무엇일까요? 신입니다. 사람의 육체에 신이 있으면 생명이 유지될 수 있고, 사람의 육체에 신이 떠나면 생명이 유지될 수 없습니다. 이 말에 인명재천(人命在天)이란 말을 대입시켜도 훌륭한 어울림이 될 것입니다.

그렇다면 신의 소생들인 신의 아들들이 오늘날 왜 죽게 되는가? 라는 의문이 해소될 것입니다. 그래서 때가 되면 인간 세상에 하나님이 돌아와 인생들의 수명의 문제가 해결됩니다. 성서에서 인간의 영생을 강조한 이유는 바로 여기서 그 근원을 찾을 수 있습니다. 인간의 생명 근원은 신이었기 때문에 떠난 신이 우리에게 다시 돌아오면 죽음이 해결됩니다.

이때는 흩어진 우리가 하나 되는 일이 있다는 것을 알기 위해서 하나님을 더듬어 이런 사실을 발견하라고 하십니다.

사도행전 17:27 "이는 사람으로 하나님을 혹 더듬어 찾아 발견케 하려 하심이로되 그는 우리 각 사람에게서 멀리 떠나 계시지 아니하도다."

이런 시작과 과정을 거쳐 오늘날에 이른 사람들이 오늘날 세계 만민들입니다. 성서를 근거로 한 인류의 발자취는 결코 허상이 아니며 거짓도 아닙니다. 실상 그 자체입니다. 그러나 그런 사실들을 무시하고 살아가고 있는 것은 사람들이 영적으로 지나치게 무뎌졌기 때문이고 무뎌진 이유는 사람들이 신의 소생에서 육체로 떨어졌기 때문입니다.

그러나 하나님은 사람이 다시 말씀을 받아 신이 될 날을 문제해결의 날로 정하셨습니다. 그때가 재림의 때며, 그때는 하나님이 인간 세상에 돌아오셔서 직접 인간 세상을 통치하신다고 합니다(사52:7, 계19:6). 그

때는 육체에서 떠난 하나님의 영 곧 생령이 육체로 돌아오게 됩니다(계21:2-4). 그것이 거듭남의 실상입니다(요3:5). 사람에게 산 영이 돌아오면 죽음에서 생명으로의 부활이 이루어집니다.

고린도전서 15:42, 44-45 "죽은 자의 부활도 이와 같으니 썩을 것으로 심고 썩지 아니할 것으로 다시 살며 육의 몸으로 심고 신령한 몸으로 다시 사나니 육의 몸이 있은즉 또 신령한 몸이 있느니라 기록된바 첫 사람 아담은 산 영이 되었다 함과 같이 마지막 아담은 살려 주는 영이 되었나니."

계시록 21:2-7 "또 내가 보매 거룩한 성 새 예루살렘이 하나님께로부터 하늘에서 내려오니 그 예비한 것이 신부가 남편을 위하여 단장한 것 같더라 내가 들으니 보좌에서 큰 음성이 나서 가로되 보라 하나님의 장막이 사람들과 함께 있으매 하나님이 저희와 함께 거하시리니 저희는 하나님의 백성이 되고 하나님은 친히 저희와 함께 계셔서 모든 눈물을 그 눈에서 씻기시매 다시 사망이 없고 애통하는 것이나 곡하는 것이나 아픈 것이 다시 있지 아니하리니 처음 것들이 다 지나갔음이러라 보좌에 앉으신 이가 가라사대 보라 내가 만물을 새롭게 하노라 하시고 또 가라사대 이 말은 신실하고 참되니, 기록하라 하시고 또 내게 말씀하시되 이루었도다, 나는 알파와 오메가요 처음과 나중이라 내가 생명수 샘물로 목마른 자에게 값없이 주리니 이기는 자는 이것들을 유업으로 얻으리라 나는 저의 하나님이 되고 그는 내 아들이 되리라."

인용문은 재림의 때에 인간 세상과 사람에게서 떠난 하나님이 돌아오신 장면입니다. 그리고 하나님이 세상과 사람에게서 떠난 후, 잃었던 모든 것들을 찾게 되는 내용을 일일이 기록하고 있습니다. 그중에 잃어버린 생명도 되찾게 됨을 분명히 기록하고 있습니다. 이 상황이 문제해결의 완료입니다.

이즈음에 다시 우리가 생각해야 할 것은 하나님께 대한 믿음입니다. 하나님은 말씀이라고 한데서 우리는 하나님을 찾을 수 있는 방법은 유일하게 말씀밖에 없다는 것을 깨달을 수 있습니다. 또, 우리 인간이 자아를 찾고, 자아를 성찰하고, 자아를 회복하는 길은 오직 말씀밖에 없다는 것을 깨달아야 합니다. 그런데 오늘날까지 말씀은 봉함되어 있었습니다.

앞 서두에서 본 책은 성령의 도우심으로 기록한다고

선언한 바가 있습니다. 이 책을 통하여 성서를 온전히 깨닫기를 기원합니다. 그리고 하나님이 실존하심을 본 책을 통하여 찾기를 기도하겠습니다. 다시 하나님의 실존(實存)에 대한 얘기를 조금 더 해보고자 합니다.

하나님은 실존하는가? 실존한다면 우리는 어떤 삶을 살아야 할까요? 하나님은 존재하지 않는가? 하나님이 없다면 우리 마음 내키는 대로 살면 될 것입니다. 그러나 하나님이 실존한다면 우리 마음대로가 아닌 하나님의 뜻대로 사는 것이 맞을 것입니다. 한집안에 아버지나 어른이 안 계시면 가족끼리 의논하며 살아가면 될 것이지만, 할아버지나 아버지가 살아 계시면 그분들의 뜻을 중심으로 살아가야 하는 것이 윤리일 것입니다.

하나님이 실존한다면 어떻게 그것을 확인할 수 있을까요? 육안(肉眼)으로 볼 수 없는 신이신 하나님을 물리적으로 찾을 수는 없습니다. 그러나 성서를 통해서는 찾을 수 있습니다. 그리고 성서를 기준으로 한 실상을 보고 깨달을 수도 있습니다. 성서에서 사람은 하나님의 형상으로 창조되었습니다. 그리고 사람을 신의 소생이라고 불렀습니다.

이 문장을 잘 분석하게 되면 하나님을 찾을 수 있습니다. 하나님은 자신의 형상으로 사람을 창조했다고 했기 때문입니다. 하나님은 확인할 수 없지만, 그 형상으로 생겨난 사람은 찾을 수가 있습니다. 하나님의 형상은 영이며 신입니다. 그의 소생은 사람들입니다. 사람들과 하나님의 공통분모는 무엇인가요? 하나님은 영이시고, 사람도 영입니다. 하나님의 모습은 볼 수 없지만, 사람의 모습은 볼 수 있습니다. 사람의 모습 안에 영혼이 있다는 것을 앞에서 찾아보았습니다. 사람의 모습 안에는 분명히 영혼이 있습니다.

그 영혼은 하나님으로부터, 왔습니다. 그렇다면 사람의 영혼이 확인되므로 하나님의 영도 증거된다고 볼 수 있습니다. 그래서 하나님의 존재유무(存在有無)를 사람을 통하여 찾을 수가 있다는 것입니다. 동시에 하나님의 영을 통하여 사람의 뿌리가 무엇인가를 알 수 있습니다. 하나님이 신이고, 사람은 그 신의 소생입니다. 하나님을 통하여 사람이 신이란 위대한 사실을 확인할 수 있습니다.

그래서 시편 82편에도 사람을 지존자(至尊者)의 아들로 신이라고 하였고, 사도행전 17장에서도 사람을 신의 소생이라고 하였습니다. 그런데 사람이 신이었을 때는 아담이 범죄 하기 이전이라고 성서는 말하고 있습니다. 창세기 6:3에서는 사람이 육체가 되었다고 기록하고 있죠. 이때 육체란 표현은 생령(生靈)이 떠난 심령의 상태를 설명한 단어입니다. 사람은 생령(生靈)으로 창조되었는데 그 영이 육체를 떠나버리게 되었으니 육체만 남게 된 것입니다. 결혼이란 관점에서 생각하면 이는 육체인 신부가 과부가 된 것이고, 영적으로 생각하면 망령(亡靈)된 것입니다.

그래서 성서의 목적은 회복이라고 한 것입니다. 성서는 신에서 육체가 된 것에서 다시 신으로 승격하는 것이 성서의 목적입니다. 그래서 요한복음 10:35 "성경은 폐하지 못하나니 하나님의 말씀을 받은 사람들을 신이라 하셨거든"이라고 기록되어 있습니다. 사람이 신이 될 날, 사람이 신이란 사실을 깨닫게 됩니다.

사람이 신이란 근거는 사람 안에 영혼이 실존한다는 것이죠? 그 영혼이 실존하는 것은 지금 자신을 보고도 깨달을 수 있습니다. 만약 영혼이 없는 사람이 있다면 지금 바로 장례식장으로 보내야 합니다. 그 사람은 혼 나간 사람이고 정신 나간 사람이니 장례를 치러줘야

하기 때문입니다. 만일 사람들에게 영혼이 없으면 하나님의 영을 증거 하지 못할 것입니다. 그러나 그렇지 않고 사람에게 영혼이 실존한다면 하나님의 영도 분명히 증명할 수 있습니다.

이렇게 육안(肉眼)으로 볼 수 없는 자존자의 존재를 사람 안에 있는 영혼의 존재를 확인하므로 증명할 수가 있습니다. 우리 자신의 영혼에 대해서, 많은 연구가 필요할 것으로 생각됩니다. 실존하는 우리 영혼을 통하여 자존자의 실존은 물론 신들의 존재 여부도 확인할 수 있으니 우리 속에 있는 영혼에 대한 관심을 확장시킬 필요가 있을 것이라 생각합니다.

4. 창조 이전의 단계에서의 교훈

우리는 창조주를 하나님이라고 부릅니다. 그리고 창조주는 영이며, 신이란 사실을 알고 있습니다. 창조주가 '스스로 있는 자' 라면, 하나님이 우주를 창조하기 전 단계에는 무엇이 있었을까요? 이 질문은 매우 중요한 것이라고 할 수 있습니다. 왜냐하면, 이 질문에 의하여 나오는 답은 종교에서 찾고자 하는 근원적인 답이 될 수 있기 때문입니다. 그리고 종교뿐만 아니라, 과학이 찾는 답이 될 수도 있습니다. 창조 이전에 스스로 있는 자의 존재는 불교에서 자부하는 공사상에 대한 근원적 답까지 제공할 수 있습니다.

성서를 근거로 한 창조 이전의 단계를 짚어보는 것은 우리가 현재 살고 있는 우주의 근원을 파악하는데 매우 절실한 정보를 제공해줄 것입니다. 창조 이전의 단계의 상황은 창조 후의 상황을 설명하는데 기초자료가 되기 때문입니다. 누가 빌딩 골격을 점검한다고 할 때, 기초를 모르는 상태에서 골격을 이해하기는 어려울 것입니다. 우주라는 골격을 파악하려고 할 때, 우주가 어떤 기초 위에 세워졌느냐는 자료가 곧 창조 이전의 단계의 상황일 것입니다. 그래서 건축전문가들이 빌딩을 감리할 때, 건물의 설계도를 이용합니다. 건물에는 설계도가 필요하지만, 우주는 하나님이 설계하신 성서가 필요합니다. 그러나 건축도면도 전문가들만 이해할 수 있듯이 성서도 전문가에 의하여서만 이해할 수 있는 것입니다.

그런데 성서적 견지에서 창조주가 만물을 창조하기

이전 단계에서 존재했던 것은 아무것도 없었습니다. 있다면 오직 앞에서 소개한 '스스로 있는 자' 뿐이었습니다. 이것은 어떤 건축 설계자가 그 건축물을 설계하기 전까지는 그 건물은 없었다는 것과 비견할 수 있습니다. 그러나 그 건물을 짓기 전에도 설계자는 있었고, 그 건물은 설계자의 생각으로 존재하고 있었다고 할 수 있겠습니다.

우주 창조 이전에 '스스로 있는 자'가 있었다는 사실은 우주의 기초는 '스스로 있는 자'란 의미로 해석할 수 있습니다. 모든 것은 그 기초 위에 세워진 것입니다. 이리하여 성서에 근거한 우주의 기초는 '스스로 있는 자'로 밝혀집니다. 그런데 그 기초의 성분이 무엇인가를 파악해보니 '스스로 있는 자'는 영이며 신이라고 합니다. 이것은 우주의 기초가 신이라는 기이한 논리로 전개되는 이상한 상황입니다.

영이나 신은 물질이 아닙니다. 물질이 아니니 형체 또한 없다고 할 수 있습니다. 이 상태가 창조 이전의 세계였습니다. 이 세계를 지금의 사람이 바라본다면 시간도 공간도 물질도 존재하지 않는 공(空)의 상태라고 할 것입니다. 그러나 공의 상태는 아무것도 없는 무

(無)와는 차이가 있습니다. 이로써 신성서학적 우주의 기초는 신[영]의 토대 위에 지어졌다는 논리를 얻을 수 있습니다. 이 논리를 통하여 창조 이후에 생긴 종교와 철학과 역사와 과학과 인류학을 조명해볼 필요가 있을 것입니다.

신성서학적 입장에서 우주 창조 이전에 있었던 것은 오직 한 분의 신이셨습니다. 따라서 우주 만물은 이 한 분으로 시작된 것을 알 수 있습니다. 지금 우리가 경험하고 있는 우주와 만물은 바로 이 기초 위에 세워진 것이라고 할 수 있습니다. 그때의 상황은 어떠했을까요?

창조 이전에 있던 것은 오직 당신 한 분이었지만 이분은 신이므로 여러 가지 정신 활동은 가능하였을 것입니다. 우리 인간은 영혼이 있어 생각하고 상상하는 모든 정신 활동이 가능합니다. 우리 인간의 영혼은 하나님의 분신입니다. 우리 영혼의 모체가 하나님의 영입니다. 그렇다면 우리의 정신 활동을 연구해보면 하나님의 정신 활동에 대해서도 어느 정도 추론할 수 있을 것입니다. 우리의 영혼의 활동성을 확인하는 것으로 하나님의 영의 활동도 유추할 수 있을 것입니다.

창조 이전의 단계의 상황을 이 정도로 설명할 수 있

을 것입니다. 이 단계에서는 물질 공간 시간 같은 것은 존재하지 않았습니다. 창조 후의 우주를 정확히 깨닫기 위해서 이 부분에서 큰 정보를 축적해 두어야 합니다. 분명히 이렇게 창조 이전의 세계에는 물질 공간 시간이 없었습니다.

그러면 창조 후에 생긴 물질 공간 시간은 어디서 나왔냐는 것이 문제입니다. 이 해답을 찾기 위해서는 창조 이전에 실존했던 '스스로 있는 자'의 속성이 어떤 것인지를 다시 더듬어 볼 필요가 있을 것입니다. 앞 문장에서 언급한 '스스로 있는 자'의 속성은 모든 정신 활동이 가능한 자라는 점을 유념해야 성서에서 의미하는 우주에 관하여 바르게 접근할 수 있을 것입니다. 우리는 여기서 큰 진리를 발견할 수 있을 것입니다. 창조 이전에 '스스로 있는 자'의 능력은 정신 활동을 할 수 있는 능력이 있다는 특이한 점이 있습니다. 이것이 우주의 큰 비밀을 풀 수 있는 열쇠입니다.

우리 인간의 사고방식으로는 분명히 창조 이전에는 물질 공간 시간은 없었습니다. 그런데 창조 후 오늘날 우리는 끝없는 우주와 광활한 자연을 직접경험하고 있습니다. 창조주는 그 거대한 우주와 자연을 어떤 방법으로 만들었을까요?

저 넓은 우주와 하늘과 땅과 바다와 산을 어떻게 만들었을까요? 우주와 자연을 우리는 물질세계라고 말합니다. 물질세계란 우주와 만물이 물질로 이루어졌다는 말입니다. 그런데 거대한 우주가 물질로 만들어졌다면 그 재료는 어디서 나온 것일까요? 그리고 거대한 우주를 만들 때, 그 재료를 어떤 방법으로 운반했을까요? 모든 것이 불가사의한 의문입니다.

그러나 그런 불가사의함은 우리 인간의 낮은 수준의 사고방식에 불과합니다. 그리고 인간의 사고방식은 물리적 사고입니다. 물리적 사고방식은 우주가 물질일 때, 접근할 수 있는 방식입니다. 그러나 우주의 재료는 물질일 수 없습니다. 왜냐하면, 창조 이전에 물질 공간 시간은 없었기 때문입니다. 물리학적 측면에서 무에서 유가 나올 수는 없습니다. 무에서 유가 생길 수 있다는 것은 물리학의 논리에 어긋납니다.

무에서 유가 나올 수 있는 논리가 통하는 것은 신학뿐입니다. 그런데 창세기부터 계시록까지의 성서를 다 분석하여 봐도 물질이 창조된 적은 한 번도 없었습니다. 그러나 성경전서에 창조주가 창조하신 영적 창조는 여러 번 있었습니다. 그렇습니다. 창조주가 성서를 통하여 보여준 창조는 영적 창조입니다. 여기서 영적 창조의 의미는 영이 영적인 방법으로 우주와 만물을 창조한 것이라고 말할 수 있습니다. 그럼 창조주는 영적 창조를 어떻게 하셨을까요?

그것은 창조주의 정신 활동이란 방법으로 우주와 만물을 창조하셨습니다. 앞에서 창조 이전에 있었던 것은 오직 '스스로 있는 자' 였습니다. 우주와 만물은 오직 이 분에 의하지 않고는 있을 수 없다는 요한복음 1:3절의 말씀은 이 말과 연합되는 말씀입니다. 이 분은 오직 말씀으로 존재하였습니다. 창조 이전에도 말씀은 존재하였습니다.

그 말은 창조 이전에도 '스스로 있는 자' 의 정신 활동은 가능하였다는 의미와 다르지 않습니다. 앞에서 사람의 마음이 곧 영혼이고, 정신이라고 하면서 그 영혼의 원본은 '스스로 있는 자' 라고 하였습니다. 사람의 영혼 기능과 '스스로 있는 자' 의 기능은 다르지 않습니다. 따라서 사람의 영혼 기능으로 '스스로 있는 자' 의 영의 기능을 추측할 수 있습니다.

지금 각자가 눈을 감고 생각해보시기 바랍니다.

지금 거대한 우주를 한눈에 넣고 떠올려 상상할 수 있습니다. 그리고 멋진 우주를 상상하며 자기만의 우주를 설계하고 만들 수도 있습니다. 그 거대한 우주 끝까지 순간에 도달할 수도 있습니다. 그곳이 얼마나 멀다고 해도 그곳에 간다라고 생각만 하면 이미 그곳에 가 있음을 확인할 수 있을 것입니다. 우리는 생각으로 하늘을 나는 자신을 상상할 수도 있습니다. 상상하는 그 순간 하늘을 날고 있는 자신을 발견할 수 있습니다. 생각으로 되는 일은 모두 상상할 수 있습니다. 상상하지 못할 일은 하나도 없습니다. 그리고 상상할 수 있는 모든 것은 이미지화할 수 있습니다. 그것이 영혼의 능력이고 속성입니다.

　'스스로 있는 자'는 우리 영혼의 모체입니다. 그는 영의 장이며, 신의 장입니다. 그래서 그는 사람의 영혼이 생각하는 능력에 비교가 안 될 정도로 창작력이 풍부하며 능력이 출중합니다. 사람의 영혼은 피조물이므로 창조력이 없습니다. 그러나 '스스로 있는 자'는 창조주며 전능자이므로 창조력이 있습니다. 그는 우주를 창조하기 전에 상상했으며, 그분의 정신 활동은 계속되었습니다.

창조주는 창조력이 있으므로 그의 상상과 정신활동은 그대로 현실로 실현됩니다. 그것이 곧 창조 후에 나타난 우주와 만물과 인간입니다. 이 시점에서 우리는 크게 대오(大悟)를 하게 됩니다. 이 부분을 바르게 이해하게 되면 과학의 각종 우주론, 창조론, 진화론, 양자물리학, 뇌 과학의 의문이 쉽게 해결됩니다. 종교 철학에서 유물론[materialism, 唯物論], 유신론[theism, 有神論]의 실마리가 여기 있습니다. 불교의 반야사상[般若思想][13]의 해법이 여기에 들어있습니다.

왜 그런가를 설명하겠습니다. 창조 이전에 '스스로 있는 자'만 있던 세계 그곳에는 분명히 물리적인 물질 공간 시간은 없었습니다. 그러나 정신 활동으로는 물질 공간 시간이 존재했습니다. 이 정신세계는 물질 공간 시간 안에 존재하는 것이 아니라, '스스로 있는 자'의 생각 안에 존재했습니다. 그런 상태에서 '스스로 있는 자'가 실행한 일이 있었습니다.

그것은 바로 '스스로 있는 자'가 가지고 있던 생각을 표출한 일이었습니다. 자신의, 생각을 표출하여 나

---

13) 불교의 근본사상 가운데 하나. 연기설(緣起說)을 공(空)의 입장에서 해명하여 지혜롭게 사는 법을 철학적으로 제시한 대표적인 사상.

타난 세계의 일부가 우리가 태어나서 지금까지 경험하는 모든 것들입니다. 그 종류를 나열하면 우주와 자연 그리고 각종, 생명체들, 그리고 각종, 사건들, 공간과 시간, 삶과 죽음들입니다. 그렇다면 전능하신 '스스로 있는 자'가 이런 것들을 창조할 때, 동원된 재료는 무엇일까요? 또 어떻게 하면 이러한 것들을 창조 가능하게 된다고 생각했을까요?

이러한 사실을 깨닫고 보니 이것을 생각하는 우둔하기 짝이 없는 필자도 우주 창법에 대한 아이디어가 떠오른답니다. 그 아이디어는 어리석고 저급한 물리적 방법은 아닙니다. 전지자(全知者)는 결코 이 거대한 우주를 물질로 만들겠다고 생각하지 않았을 것입니다. 전지자는 전지자의 방법으로 우주와 만물을 만들게 되었을 것입니다. 그 창법은 바로 전지자의 상상력을 동원하는 방안이었습니다.

그것은 곧 우주를 물질로 만들기보다는 우주를 상상할 수 있는 기능자를 창조하는 것이었습니다. '스스로 있는 자'의 능력은 상상하고 생각하는 기능입니다. 그렇다면 '스스로 있는 자'가 자신과 같은 능력 가진 사람을 만들면 그 사람도 상상하고, 생각할 수 있는 능력이 있게 될 것입니다. 그렇게 창조한 과정이 창세기 1:27 "하나님이 자기 형상 곧 하나님의 형상대로 사람을 창조하시되 남자와 여자를 창조하시고"란 구절로 나타납니다.

창조주는 전지(全知)자이며 전능(全能)자입니다. 그는 전지전능한 능력으로 가장 효과적이며 간단한 방법으로 한꺼번에 사람과 우주 만물을 창조해야 하는 과업을 동시에 성공시켜버린 것입니다. 그것이 곧 '스스로 있는 자'의 생각과 상상을 표출화(表出化)시킨 과업이었습니다.

드디어 우주 만물을 형상화 시킬 수 있는 창조주 외 다른 구성원이 생기기 시작했습니다. 창조주는 우주를 인식할 수 있는 사람 곧 영혼을 창조함으로 두 마리의 토끼를 한꺼번에 잡는 쾌거를 이룩하게 된 것입니다. 표출된 '스스로 있는 자'의 생각을 성서는 어떻게 표현하고 있는가에 대해서 잘 설명한 성서 내용이 있습니다.

요한복음 1:1 "태초에 말씀이 계시니라 이 말씀이 하나님과 함께 계셨으니 이 말씀은 곧 하나님이시니라."

말씀은 곧 '스스로 있는 자'의 생각이었습니다. 요

한복음 1:1절에서 말씀과 하나님을 동일 시 하는 의미를 여기서 찾을 수가 있습니다. 하나님은 영이셔서 형체[14]를 가지지 않으나 그 형체는 그의 생각으로 나타나게 되는데 그것을 말씀이라고 한 것입니다.

그 말씀이 표출되어 나타난 것이 만물이었습니다. 그러나 그 만물은 물리적인 것이 아니라, 그분의 생각이 형상화 된 것이었습니다.

요한복음 1:3 "만물이 그로 말미암아 지은 바 되었으니 지은 것이 하나도 그가 없이는 된 것이 없느니라."

이 내용을 통하여 만물이 어떻게 생성되었는가를 알려주고 있습니다. 지은 것은 만물인 우주고, 그것은 말씀에 따라 지어진 영적인 우주였습니다. 그리고 그 말씀은 곧 '스스로 있는 자'의 생각이었습니다. 결국 '스스로 있는 자'의 생각이 만물이 되었다는 결론이 나옵니다. 생각은 마음에서 만들어집니다. 마음은 물질도 공간도 시간도 아닙니다.

만물의 속성은 '스스로 있는 자'의 생각이고, 그 생

---

14) 사실은 만물은 바른 성서의 해석상 형체를 가지는 것이 아니고 영적으로 존재하지만 현시점에서 사람의 육의 눈으로 보이는 관점으로 이해 요함.

각 안에 물질과 공간과 시간이 들어있다는 것을 깨달을 수가 있습니다. 그리고 '스스로 있는 자'는 신으로서, 인식기능을 소유한 분입니다. 이와 같을 때, 우리가 '실존한다'라고 생각하는 우주와 만물은 물질이 아니라, 인식이며 의식의 산물임을 알 수 있습니다.

이것으로 사람이 우주 안에 있는 것이 아니라, 우주가 사람 안에 있다는 경이로운 사실을 깨달을 수가 있습니다. 우주가 사람 안에 있을 수 있는 것은 우주가 물리적 물질이 아니라, 사람의 영혼이 만든 이미지이기 때문에 가능합니다. 그래서 우주와 만물과 물질은 인식과 의식의 대상이고, 사람의 영혼은 그 대상을 이미지화하는 주체가 됩니다. 우주와 물질이 대상으로서 이미지라면, 그 인식과 의식으로 생성된 물질과 공간과 시간은 인간의 영혼에 의하여 감지되게 됩니다. 이것은 또 대상 세계인 우주 만물이 실물이 아니란 것을 시사합니다.

허상은 아무것도 없는 공의 상태를 말합니다. 그렇다면 그 허상을 형상화할 도구가 필요한데 그 도구가 바로 인간이란 것입니다. 이럴 때, 인간은 생각으로서의 물질, 생각으로서의 공간, 생각으로서의 시간을 형상화하는 하나의 컴퓨터 역할을 하는 자라고 할 수 있 겠습니다.

물리적으로는 우리의 뇌가 그 기능을 담당하고 있습 니다. 우주와 만물은 생각이 만든 이미지에 불과 하지 만 그것을 감지하는 사람은 그것이 생각이 아니라, 물 질처럼 공간처럼 시간처럼 인식하게 된답니다. 즉 물 질 공간 시간은 이미지에 불과하지만, 그것을 보는 사 람의 느낌으로는 물질은 물질, 공간은 공간, 시간은 시 간대로 감지된다는 놀라운 사실입니다.

뒤에서 계속 다룰 내용이지만 성서에는 인간이 어떤 존재냐는 것을 잠시 터치해보고자 합니다.

요한복음 1:4 "그 안에 생명이 있었으니 이 생명은 사람들의 빛이라."

이때 그는 말씀을 지칭하죠. 그 말씀 안에 생명이 있 다고 합니다. 그 생명은 사람들의 빛이라고 합니다. 결 국, 하나님에게 있던 생명은 사람에게로 파생(派生)해 왔고, 그 생명은 빛처럼 밝은 것이랍니다. 이때 빛은 진리로 해석하면 무리가 없을 것입니다. 물질을 밝히 는 것은 물리적인 빛이지만 영적인 것을 밝히는 것은 영적인 빛이기 때문일 것입니다.

영적인 진리로 비춰보면 사람 안에 생명은 곧 '스스로 있는 자'에게 받은 영혼임을 알 수 있습니다. 이 영혼이 물질과 공간과 시간을 감지합니다. 불경에서 유식무경(唯識無境)이란 말을 쓴다면, 성서로는 유영무경(唯靈無境)이란 말을 쓸 수 있을 것입니다. 유영무경이란 오직 있는 것은 영혼만 있지 대상 세계는 없다는 의미입니다. 모든 것은 영이 만든 이미지란 뜻으로 이해할 수 있습니다.

우주와 만물이 실존하는 것이 아니라, 우주와 만물은 영혼의 작용으로 나타난 환영입니다. 우리가 이것을 실감하려면 꿈을 꿔보면 됩니다. 꿈을 꾸고 있을 동안에 꿈속의 현실은 생시 때와 다른 것은 아무것도 없습니다. 만약 50-70년 동안 꿈만 꿀 수 있다면 그에게 있어서 꿈은 현실입니다. 그 꿈속에도 우주가 있고 물질도 있습니다. 그러나 사실은 꿈꾸는 자에게 있어서 그 우주와 물질은 실존하는 우주와 물질이 아니라, 환상입니다. 다만 꿈을 꿀 수 있는 의식기능이 그 환상을 만들었을 뿐입니다.

이렇게 창조 전의 공허에서 창조 후의 만물과 우주와 사람을 조명할 수 있습니다. 지금까지 과정인 창조

전의 상황에서 창조 후까지 과정에서도 물리적 물질 공간 시간은 창조된 적이 없었습니다. 이 점을 깨닫는다면 양자물리학이나 각종 우주론이나 철학 불교의 반야 사상을 이해하는데, 도움이 되리라고 생각합니다.

위에서 설명한 그 세계가 곧 공의 세계요, 진제(眞諦)의 세계요, 일심(一心)의 세계요, 진여(眞如)의 세계요, 여래장(如來藏)의 세계요, 화엄(華嚴)의 세계요, 비로자나불의 세계요, 법신의 세계임에 틀림없을 것입니다.

모든 것이 공의 세계이지만 이 공의 세계에도 유(有)가 있었으니 그것이 바로 일심(一心)이었습니다. 만물의 생성 전에도 오직 한 마음이 있었으니 그것이 곧 화엄으로 말하면 비로자나불입니다. 이 세계는 오직 마음의 세계니 색은 없고, 공만 있는 일심의 세계입니다.

이런 세계에서 색계(色界)가 펼쳐졌습니다. 색계는 곧 공에서 파생된 것이고, 공의 실상은 곧 일심이었습니다. 이 일심이 작용하여 체를 형성하게 되었으니 이곳이 색계(色戒)인 것입니다. 따라서 색즉시공, 공즉시색[15]이라 했던 것입니다. 색계의 모든 것은 일심이 작

용하여 이룬 세상입니다. 그 일심의 작용으로 삼라만
상을 이루었으니 그 근본은 공(空)이요, 심(心)이라 할
수 있습니다. 심(心)은 물질이 아닙니다. 심은 작용을
하는 유기체입니다. 여기서 헤겔이 말한 유기체에 대
한 정의가 필요할 것 같습니다.[미주 2)를 참조]를 참고
해 주시기 바랍니다.

따라서 색계는 물질이나 공간에 시간이란 것이 더해
져 4차원의 세계에서 우리가 살고 있는 것 같지만 이
모든 것은 마음의 작용에서 파생된 환상에 지나지 않
는다고 하는 것입니다. 이런 이치로 일체유심조(一切
唯心造)란 말이 통할 수 있습니다. 마음이 하는 일은
의식(意識)과 인식(認識)이니 유식론(唯識論)이 나온
까닭입니다.

결국, 색계는 마음에서 파생된 세계입니다. 우리가
체감하고 인식하는 세계는 물질세계입니다. 그러나 그
물질은 마음에서 만든 환상과 환영에 불과합니다. 우
리가 이러한 사실을 더 확실히 깨닫기 위해서 창조 이

---

15) 물질적인 세계와 평등 무차별한 공(空)의 세계가 다르지 않음을 뜻함. 원문은
"색불이공공불이색(色不異空空不異色) 색즉시공공즉시색(色卽是空空卽是色)"이
며, 이는 "색이 공과 다르지 않고 공이 색과 다르지 않으며, 색이 곧 공이요 공이
곧 색이다"로 번역된다. [네이버 지식백과] 색즉시공, 공즉시색 [色卽是空, 空卽是
色] (한국민족문화대백과, 한국학중앙연구원)

전의 상태를 세계가 생긴 기점으로 보고 계속 반복하여 회상할 필요가 있을 것입니다. 우리가 살면서 체감하는 세상의 출발은 결국 마음에서 시작되었습니다. 마음에서 시작된 후 다른 이질적인 것이 가미된 적은 결코 없었습니다.

우리가 물질세계로 체감하는 세계의 재료는 마음입니다. 마음이란 재료로 만들어진 제품을 관찰하고 연구하려면 마음이란 것을 대상으로 그 연구를 진행할 때, 비로소 정답을 찾을 수가 있을 것입니다.

여기서 하나 덤으로 생각해야 할 것은 오늘날 세계가 겪고 있는 살인, 전쟁, 고통 등 일련의 문제를 풀기 위한 좌표를 어디서 잡아야 하는가를 엿볼 수 있습니다. 그러나 우리는 이런 사회적인 병폐를 어디서 찾고 어떻게 대응하고 있습니까?

이쯤에서 양자물리학을 대입해볼 필요가 있을 것입니다. 일심(一心)은 곧 한 마음이니 그 마음에서 우주가 생겼으니 우주의 재료는 마음인 것이 됩니다. 그 우주의 가장 작은 알맹이가 원자핵이고, 핵을 주위로 회전하며 빛을 발하는 놈이 전자입니다.

이것을 신성서학적으로 표현하면 원자의 핵과 전자

는 영혼의 알갱이라고 할 수 있겠습니다. 전자도 원자도 모두 영혼이며, 마음입니다. 그런데 양자물리학을 연구하는 사람도 영혼입니다. 영혼으로 영혼인 원자의 내부를 관찰해보니 99.9%가 공간(空間)으로 나타났습니다. 당연한 결과입니다. 영혼은 공한 것인데 어찌 거기에 물질이 차 있을까요?

영혼으로 전자를 관찰하였더니 전자가 고정불변의 입자가 아니라, 한 지점을 중심으로 튕겨 나갔다가 다시 돌아오고 튕겨 나갔다가는 다시 돌아오는 불확정적 가변체임이 발견되었습니다. 관찰자가 영혼이고, 그 영혼의 상호작용을 맡은 전자도 영혼이니 관찰한 결과는 그렇게 나타난 것입니다.

여기서 아인슈타인과 양자 물리학자들 간에 벌어진 달의 실존에 대한 논쟁(論爭) 안으로 들어가 보겠습니다. 양자 물리학적으로 달은 실존하지 않는다는 결론이 났습니다. 양자 물리학자들의 그 당시 해석은 전자는 파동으로 존재하다가 관찰을 당하게 되면 입자의 형태를 가진다는 것이었습니다.

이를 쉽게 표현하면 전자는 자신이 관찰당하고 있다는 사실을 인식하고 있는 것처럼 행동한다는 것이었습니다. 이 사실을 확장하면 우리가 눈에 보이는 모든 물질이란 놈은 누군가가 보고 있을 때만 물질로 형성되는 것처럼 보이다가 눈을 돌려 보지 않으면 파동화(波動化) 된다는 것입니다. 이것이 아인슈타인을 향해 던진 젊은 양자 물리학자들의 주장이었습니다.

달에 대한 아인슈타인의 말은 이들의 대화에 대하여 던진 화두였습니다. "신은 주사위를 던지지는 않아!" "당신이 달을 보기 전에는 달이 존재하지 않는 것인가?"라고 비아냥거린 데서 유래된 달(月)에 대한, 일화가 오늘날까지 회자(回刺)되고 있는 것 같습니다.

양자 물리학자들의 주장은 창창했던 아인슈타인을 구시대 한때를 풍미하던 안방 늙은이로 전락시킨 결과를 낳았습니다. 양자 물리학자들의 승리였습니다. 양자물리학으로 도출된 결론을 정리하면 이렇습니다. 미시세계에서 벌어지는 전자의 운동을 관찰한 결과 전자는 파동과 입자라는 두 특징을 동시에 확률적으로 가지고 있다는 사실입니다.

이를 해석하면 거시세계의 우주 만물을 이루고 있는 최소의 단위 기초라 할 수 있는 전자가 파동으로 존재할 수 있다는 것은 우주 전체가 파동으로 존재할 수 있다는 것을 의미하기도 합니다. 사실 이것은 엄청 충격적인 이론이 됩니다. 왜냐하면, 우리가 사는 하늘과 땅과 산과 바다가 모두 무형일 수 있다는 이야기이기 때문입니다.

그런데 전자가 파동이냐 입자냐의 결정을 짓는 큰 기준이 있다는 것입니다. 그 기준이 바로 관찰자라는 것입니다. 이 해석에 따르면 우주도 해도 달도 관찰자가 바라볼 때만 우주고, 해고, 달이지 관찰자가 외면하면 그 모양은 사라져버린다는 이야기가 되어버립니다.

오늘날에 이 실험에 대한 해석은 전자가 자신이 관찰 당하는 것을 '인식하는 듯 행동한다' 정도인 것 같습니다. 그러나 불교의 공 이론이나 유식학, 그리고 진보적 양자 학자들의 주장은 이 보다 더욱더 충격적입니다. 관찰자와 대상물의 관계가 상호작용으로 일어난다는 주장입니다. 상호작용이라고 하지만 관찰자에 의한 일방적인 상호작용이란 표현이 타당할 것 같습니다.

이러한 사실에 다시 신성서학의 입장을 가미하면 이에 대한 더욱 선명한 결론을 기대할 수 있을 것 같습니다. 전자(前者)에 성서에서 창조된 것은 물질이 아니란 것에 이 내용을 원융(圓融) 시키면 관찰자는 영혼을 소유한 사람입니다. 그리고 성서적으로 창조는 물질창조가 아니라, 영적 창조라는 점을 유추하면 우주에 물질이란 있을 수 없습니다.

우주도, 해도, 달도, 산도, 바다도, 물도 실존하지 않습니다. 왜냐하면, 성서에서는 물질을 만든 적이 없기 때문입니다. 성서에는 모든 것을 말씀으로 만들었습니다. '가라사대 궁창(穹蒼)이 있으라 하니 궁창이 있었고' 라는 식이었습니다.

그런데 사실은 관찰자도 하나님이 '자신의 형상으로 창조' 한 피조물입니다. 하나님의 형상은 곧 영이요, 신입니다. 그 형상은 곧 사람의 영혼으로 나타났습니다. 여기서 앞부분에서 제기한 관찰자와 대상물에 대한 상호관계를 결부시키면 관찰자는 사람들의 영혼이 됩니다. 사람의 영혼이 관찰자가 되어 만물을 바라봅니다. 그 만물 속에 우주가 있고, 해가 있고, 달이 있고, 바다가 있고, 땅이 있고, 물이 있고, 각종, 생물체들이 있습니다. 그러나 그 만물은 영혼이 있는 사람이 바라볼 때, 나타나고 바라보지 않으면 없어집니다. 그것은 결국 무엇을 의미합니까? 만물이 외부에 있는 것이 아니라, 사람의 영혼 안에 있다는 것을 의미합니다. 영혼 안에 존재하는 우주와 만물이 물질일 수는 없겠죠?

그래서 성서적으로 무엇 하나 물리적으로 만들어진 것이 없다는 점을 직시할 때, 모든 것들은 영혼이 만든 이미지라는 것입니다. 컴퓨터가 사이버 세계를 만든 것이라면 사람의 영혼이 우주와 세계를 만든 것입니다. 우리는 은밀히 말하면 우주에 사는 것이 아니라, 우주가 우리의 영혼 속에서 살고 있다고 말할 수 있습니다.

관찰자도 영혼이고, 관찰하는 카메라도 영혼입니다. 창조의 내력에서 볼 때 그 어느 것 하나 영혼 아닌 것이 하나도 없습니다. 모든 것이 영혼입니다. 이것을 과학 용어로 옮기면 '만물은 원자로 이루어졌다' 라고 할 것입니다. 그러나 이것을 신성서학으로 옮기면 '만물은 영혼으로 이루어졌다' 라고 해야 할 것입니다.

여기서 또 각종 우주론의 의문을 풀 수 있는 큰 열쇠를 발견하게 됩니다. 빅뱅우주론과 팽창우주론[16] 및 허

---

16) 팽창 우주론은 '우주는 시간이 지나면서 팽창하여 변화한다' 는 이론이다. 러시아의 물리학자 프리드만은 우주의 밀도가 시간에 따라 변한다고 생각하고, 이를 바탕으로 아인슈타인의 중력장 방정식에서 우주항을 빼고 풀었다. 그 결과 우주는 밀도에 따라 팽창할 수도 수축할 수도 있는 등 다양한 답이 있다는 사실을 알게 되었다. 이에 따라 아인슈타인이 주장한 균질하고 정지한 우주라는 전제나 우주항의 도입은 필요 없게 되었다(https://ko.wikipedia.org/wiki/팽창_우주론).

블의 법칙[17]을 볼 것 같으면 우주가 끊임없이 팽창하고 있다고 합니다. 허블우주망원경은 빅뱅이론을 뒷받침하는 강력한 무기가 되었습니다. 그런데 물리학의 기본원리로서 우주가 팽창한다는 논리가 성립됩니까? 우주는 우리가 자는 시간에도 팽창하고 있답니다. 우주는 하루에 지구의 몇 배씩이나 크고 있다고 합니다.

이것은 결국 무엇을 말하고 있는 것일까요? 물리적인 우주가 아니란 뜻이 아닐까요? 우주가 계속 팽창한다는 이론은 질량보존의 법칙 등 과학의 기초 이론마저도 뒤흔들 수 있는 위험한 이론이 아닌가요? 단순히 생각해도 우주가 매초 마다 그렇게 팽창한다면 그리고 그것이 물리적인 것이라면 그 많은 물질은 도대체 어디서 어떻게 누구에 의하여 생산된다는 말일까요?

그러나 이런 제 이론(異論)을 잠재울 수 있는 열쇠가 여기 있습니다. '우주는 물질이 아니라, 영혼으로 이루어졌다'라는 것입니다. '우주는 영혼을 가진 사람들이 만든 이미지일 뿐'인 것입니다. 우주는 관찰자가

---

17) 허블의 법칙은 먼 우주로부터 오는 빛의 적색 편이는 거리에 비례한다는 법칙이다. 이 법칙은 약 10년간의 관측 끝에 1929년 에드윈 허블과 밀턴 휴메이슨이 발표하였다.[2] 허블의 법칙은 우주팽창론의 첫 관측 증거이며, 빅뱅에 대한 증거로 가장 널리 인용된다(https://ko.wikipedia.org/wiki/허블의_법칙).

있을 때만 나타나는 이미지이며, 그 관찰자는 곧 영혼입니다.

그런 면에서는 영혼을 가진 우리는 모두 우주를 담은 하나하나의 퍼스날 컴퓨터(Personal Computer), CPU라고 할 수 있습니다. 그리고 퍼스날 컴퓨터의 중앙 통제소는 하나님이라고 할 수 있습니다.

우주의 설계와 운용은 하나님의 작품입니다. 그 첫째 작품은 사람이고, 사람에게 영혼이 그 가치를 가집니다. 그 사람 안에 프로그램이 깔려있으니 영혼이 작품입니다. 그 작품들 속에는 우주와 만물(萬物)과 만사(萬事)와 과거와 현재와 미래의 모든 인간 세상의 일들이 들어있습니다.

이 가설로 우주의 모든 이론을 흡수 통합 통일화할 수 있습니다. 영혼을 확장하면 무한대가 될 수 있고, 축소하면 점이 될 수도 있습니다. 빅뱅우주론도 이 틀 속에서 소화될 수 있는 논리입니다. 우리가 흔히 말하는 신기(神技) 신통(神通)은 그것을 뜻하는 말입니다. 우리가 보고 느끼는 우주와 만물과 시간은 우리 영혼의 작용으로 일어나는 제(諸) 현상입니다. 모든 것은 영혼이 만든 명작들입니다.

영혼으로 이루어진 사람이 영혼이란 전자알맹이를 전자총에 넣어 이중 슬릿으로 통과시켰더니 영혼이란 전자가 그 사실을 의식 하여 영혼인 관찰자가 보고 있으면 입자의 형태를 취했다가 영혼인 관찰자가 보지 않으면 그 형태는 허물어져 파동이 된다는 사실을 발견하였습니다.

신성서학적 창조의 내력으로 볼 때, 관찰자도 영혼이고, 전자도 영혼이니 당연히 전자가 인식할 수 있음은 당연한 일일 것입니다. 관찰자도 전자도 의식 속에서 창조의 섭리와 속성을 발휘하여 그와 같은 실험의 결과가 나온 것으로 볼 수 있습니다.

이중 슬릿 실험의 결과를 성서적으로 해석하면 어떤 결과로 표현될까요?

앞에서 만물은 물질이 아니라, 생각의 부산물이었습니다. 관찰자는 생각을 분석하고 이미지화하는 기능을 가졌습니다. 이때 관찰자에 의하여 관찰당한 전자는 형상화된 대상입니다. 관찰당하기 전에는 무형의 형태를 취하다가 관찰자가 관찰을 시작하면 형상화되어 현현(顯顯)되어 나타나는 것입니다.

이것은 궁극적으로 무엇을 의미하는 것일까요? 이

중 슬릿 실험에서 핵심적인 해석은 관찰자의 섭리로 피 관찰자가 입자든 파동이든 형태가 결정된다는 결론입니다. 이런 사실에서 창조주가 사람과 만물을 만든 이치와 방법을 꿰뚫어 볼 수 있게 됩니다.

양자물리학 측면에서 달의 유무를 두고 벌인 논쟁에서 양자 물리학자들이 승리를 거두었다고 한바, 달이란 애초에 없던 것입니다. 오직 관찰자가 관찰할 때, 달이 나타날 뿐, 관찰자가 없으면 달은 처음부터 없었다는 것으로 해석할 수 있습니다. 사이버 세계는 컴퓨터가 없으면 없습니다. 사이버 세계에서 볼 수 있는 만물의 존재성은 컴퓨터란 기계의 ON OFF의 선택으로 결정되어 집니다. 즉 컴퓨터 속에 있는 물질은 컴퓨터가 꺼지면 그 물질도 없어집니다. 그와 같이 인간이 살아있어 의식 활동이 가능할 때, 외부의 모든 물질은 있는 것이라고 할 수 있습니다. 그러나 인간이 죽거나 의식 활동이 불가능할 때는 외부의 물질세계는 존재하지 않습니다.

이 결과를 통하여 중요한 것은 관찰자이며 궁극적으로 그 관찰자는 사람의 영혼이란 사실이 매우 충격적입니다. 창조주가 사람에게 우주와 만물을 주신 방식이 이렇게 오묘하다는 것을 깨달으면 그 이치에 탄복하지 않을 수 없습니다. 이 해석을 통하면 달만 아니라 우주 만물이 사실은 물질로 존재하지 않는다는 결론에 도달할 수 있습니다.

앞에서 만물창조 이전의 상황에 존재했던 것은 '스스로 있는 자' 곧 신뿐이었습니다. 그리고 그 신이 자신의 형상으로 사람인 관찰자를 만들었습니다. 관찰자도 신입니다. 따라서 관찰자는 신의 기능과 능력이 있다고 하지 않을 수 없습니다. 그 능력은 신의 방식대로 만물을 영적으로 물질화(物質化), 할 수 있는 능력이라고 할 수 있겠습니다.

이러한 맥락으로 우주를 보는 관점을 연 물리학자가 있습니다. 로버트 란자 박사는 "기존의 과학이 우주의 실체를 규명하면서 '우연'이라는 비과학적인 접근방식에 기대하고 있다는 점을 비판합니다. 빅뱅이론을 중심으로 하는 우주론과 생명과 의식의 출현에 관한 기존의 이론이 그동안 우리 주변에 일어나는 현상들을 제대로 설명하지 못했다고 지적하면서 '생물 중심주의'가 이러한 한계를 극복할 수 있다고 주장합니다. '생명은 물리학 법칙에 따라 우연으로 발생한 부산물이 아니다' 라고 말하면서 '우주의 법칙이 태초에 관찰자를 창조했다' 라며 과학계가 우주를 이루는 한 가지 중요한 구성 요소로 '의식(consciousness)'을 인정해야 한다고 강조합니다."[18]

노벨물리학상을, 수상한 존 휠러(John Wheeler)는 "관찰이 이루어지기 전까지 아무것도 존재하지 않는다"고 말하면서 "관찰은 에너지와 마음이 직접 상호작용을 나누는 행위다"라고 하였습니다. 또 "우리가 관찰하지 않는 세상은 가능성으로만 존재한다고도 하였습니다. 수학적으로 말해서 확률의 안개로서 존재한다"라고 했습니다.

로버트 란자 박사는 『바이오센트리즘』이란 그의 책에서 양자중첩성, 양자 얽힘 등 "'양자 현상에서 일어나는 기이한 현상을 의식을 배제하는 물리 이론으로는 설명할 수 없다' 라는 점은 물론이고, '우주의 중요한 네 가지의 힘과 200개가 넘은 물리 상수는 원자가 결합하기 위해, 그리고 원자 및 원소, 행성, 물 그리고 생명이 존재하기 위해 완벽하게 설정돼 있다'고 지적합니다. 그중 하나라도 틀어지면 우리는 존재할 수 없

18) 로버트 란자 밥 버먼의 바이오센트리즘 중에서

다"라고 했습니다.

이런 측면에서 규명되는 우주는 물리적으로는 실존하는 것이 아니라, 비 실존하는 것이라는 게 이들의 생각이었습니다. 그러나 사람은 존재합니다. 사람 중에서도 영혼이 존재한다는 표현이 타당할 것입니다. 이 영혼이 이들이 말하는 관찰자의 역할을 맡는다는 것입니다.

이것을 잘 이해하기 위하여 불교의 유식(唯識), 유심(唯心) 사상을 빌려올 필요가 있을 것 같습니다. 유식무경(唯識無境)이란 말처럼 오직 식만 있을 뿐 대상 세계는 실존하지 않는다는 사실이 양자물리학은 물론 신성서학적으로도 근거 있는 학설로 대두되는 시대에 우리는 직면하고 있습니다.

그렇다면 식을 가진 주체는 누구냐는 것이 중요합니다. 식(識)은 의식 인식이란 말로서 인간이 가지고 있는 중요한 기능입니다. 인체에는 오감(五感)을 감지하는 기관이 있습니다. 그것을 불교에서는 전오식(前五識)[19]이라고 합니다. 사람의 인체는 이 오감으로 받아

---

19) [前五識] 팔식(八識) 가운데 앞의 다섯 가지 식(識), 곧 안식(眼識)·이식(耳識)·비식(鼻識)·설식(舌識)·신식(身識)을 말함.(시공 불교사전, 2003. 7. 30., 시공사)

드린 것을 인식화 또는 의식화하여 그 인식된 것을 뇌로 보내어 행동을 이끌게 됩니다.

우리는 눈으로 보고, 귀로 듣고, 코로 냄새 맡고, 입으로 맛보고, 몸으로 느낍니다. 눈으로 보는 것, 귀로 듣는 것 등 일체가 없으면 볼 대상도 들을 대상도 없습니다. 그런데 우리가 보고 듣고 느끼는 모든 대상이 외계에 있는 것으로 착각합니다. 그렇게 착각하게 하는 기능을 담당하는 것이 과학적 측면에서는 뇌의 역할입니다.

그러나 신성서학적으로 볼 때는 그 역할을 맡은 것은 영혼이라고 볼 수 있습니다. 불교는 영혼 대신에 유심(唯心) 유식(唯識)이란 말로 그 사실을 나타내고 있습니다. 따라서 뇌와 영혼과 마음이 곧 양자물리학에서 관찰자의 역할 수행하는 주체라고 볼 수 있는 것입니다.

우리는 단지 눈이 없으면 외계 세계를 볼 수 없다고 생각합니다. 눈과 외계 세계는 엄연히 별도로 존재한다고 생각하기 때문입니다. 하지만 오늘날 뇌 과학이나 양자물리학, 불교의 공 사상의 연구로 말미암아 밝혀진 결과를 분석하면 외부세계가 따로 존재하는 것이 아니라, 외계 세계는 뇌 안에서 이루어지는 두뇌의 활동의 일환이란 것으로 해석되고 있습니다. 그래서 뇌가 없으면 외계에 실존하고 있는 것들을 볼 수 없고, 들을 수 없고, 느낄 수 없는 것이 아니라. 뇌가 없으면 뇌 속에 있는 기능이 발휘되지 않아 뇌에서 만들어질 이미지가 형성되지 않게 되는 것이죠.

컴퓨터나 사이버 세계를 생각해보시기 바랍니다. 컴퓨터 안에서 진행되는 각종 게임을 생각해보십시오. 영화 매트릭스를 생각해보십시오.[미주 3)을 참조] 우리는 뇌 안에서 살고 죽고 움직이고 꿈을 꾸고 있습니다. 컴퓨터는 인간의 뇌를 모방한 기계입니다. 컴퓨터 안에서 일어나는 세계는 가상의 세계입니다. 따라서 인간의 뇌에서 일어나는 세계도 그와 다르지 않다는 것이 일련의 이런 이론들과 그 맥을 같이 하고 있습니다.

이런 측면에서 인간의 삶과 죽음을 생각해보십시오. 또 이런 시각에서 종교와 철학과 과학과 교육과 사회와 역사와 인류를 투시해보십시오. 인간이 어떻게 살아야 하며, 무엇을 찾아야 하며, 무엇을 따라야 하며, 무엇을 향하여야 하며, 무엇을 가르쳐야 하며, 무엇을 배워야 하며, 무엇을 행하여야 하는가를 말입니다. 또 우리가 무엇을 의지하고 살아야 하는가를 말입니다.

인간 세상이 인간의 뇌의 활동 안에서 이루어지고 있는 오묘한 세상이라면 뇌는 사람에게 있다는 사실에 주목할 필요가 있습니다. 그런데 한편 뇌도 물질이라고 할 수 있습니다. 곰곰이 생각해보면 '물질이 어떻게 의식 활동을 할 수 있겠는가'라는 의문이 생길 것입니다. 그것은 물질인[사실은 뇌도 물질이 아니지만] 뇌가 그 기능을 하는 것이 아니라, 뇌 안에 의식기능이 있다는 것을 알아차릴 수 있어야 할 것입니다. 차라리 의식을 일으키는 기관은 마음이라고 하는 편이 더 합리적일 것입니다. 마음은 형체도 냄새도 없습니다. 그것을 달리 영혼이라 부를 수 있다고 하였습니다. 영혼을 또 정신(精神)이라고도 부를 수 있다고 하였습니다. 정신은 곧 신(神, God)과 관련을 가지는 것입니다. 결국, 외계 세계는 신의 기능으로 표출된 영적 현상이란 것을 일련의 논리과정을 통하여 정립할 수 있습니다. 더불어 뇌나 우리의 신체조차도 물질로 존재하는 것이 아니라, 마음이 만든 환영이라고 볼 수 있습니다.

그러나 이러한 결과가 그 사실이 그렇다고 아는 것만으로, 이것을 깨달은 우리 인간에게 어떤 유익이 있겠습니까? 성서는 우리에게 이런 사실 만에 그치지 않고, 과정 과정들을 거쳐 목적하는 지점이 있다는 사실을 보여주고 있습니다. 창조 이전과정을 통하여 창조 이후의 세계를 파악하고, 성서가 지향하는 것이 무엇인가를 알 때, 우리는 무한한 가능성과 소망을 가질 수 있을 것입니다.

이러한 창조 이전 세계에서 창조가 된 세상이 어떻게 누구에 의하여 펼쳐진 세계냐는 것을 함께 공유해 보는 것은 우리가 진리를 찾아 바른, 길(道)로 들어가기 위함입니다. 이상의 과정에서 고귀하고 존엄한 것은 결국 세상의 물질이 아니라, 인간이란 사실이 매우 고무적입니다. 그러나 세부적으로 인간을 존엄하게 하는 역할은 영혼이라고 할 수 있겠습니다. 영혼은 결국 신이란 사실까지 연결됩니다. 결국, 무시될 수 없는 것은 신입니다.

그 신의 모체는 바로 '스스로 있는 자' 곧 자존자입니다. 이것을 통하여 모든 인간을 포함한 우주와 만물은 그로 말미암아 파생된 것임을 알 수 있습니다. 그래서 고귀한 것은 '스스로 있는 자'가 아닐까 합니다. 이것이 아인슈타인이 죽을 때까지 추구했던 통일장이론이 아닐까요?

다시 돌아가 성서의 말씀에 근거하더라도 만물의 근원은 창조주며 신이란 것을 부인할 수 없을 것입니다. 그렇다면 우주와 인간과 세상을 옳게 살아가기 위해서 우리가 행해야 할 일들은 창조주에 대한 바른 지식일 것입니다. 앞으로 일어날 많은 일은 창조주의 의지에 달려있음을 엿볼 수 있습니다. 그리고 신에 대한 지식을 키워나가야 한다는 사실도 간과해서는, 안 될 것입니다. 이런 것들이 우주에 대한 진리라면 다른 길로는 그 답을 찾을 수 없을 것입니다.

이상까지 약술한 것들이 사실이라면 과학에서 아무리 연구하고 찾아도 자신들이 찾고자 하는 궁극적인 답 즉 통일장이론은 찾지는 못할 것입니다. 만물이 신에서 나왔기 때문에 만물은 물질이 아니고 공간도 아니며, 허상이요, 환영이요, 꿈같은 것입니다. 만물도 물질이 아니고, 관찰자인 사람도 사실은 물질이 아님을 깨달을 때, 통일장이론에 도달할 수 있을 가능성을 가질 것입니다. 사람은 만물의 영장입니다.

신성서학의 이치를 깨달은 분들은 육과 영이 있지만, 육은 영에 의하여 만들어진 진상이 아닌 허상이란 사실을 알 것입니다. 오늘날에 와서 철학과 과학과 불교는 그 논리에 힘을 싣고 있습니다. 중국철학은 노장사상으로, 한국철학은 무(無)[20]사상으로, 과학은 양자물리학으로 불교는 반야사상 즉 공사상으로 그 논리를 나타내어 보였습니다. 이제 이 책으로 말미암아 성서도 그 논리에 부합한 교리임이 밝혀질 것이라고 단언합니다. 본 관점에서 볼 때, 무사상, 양자사상, 무사상의 근원은 영(靈) 또는 신(神)이라는 결론에 도달할 수 있을 것입니다.

문제는 우주 창조의 뿌리가 신과 밀접한 관계가 있다면 지금까지 일반적으로 과학자들이 가진 신에 대한 불신은 큰 가림막이 될 것입니다. 과학자들의 신에 대한 불신과 무지가 계속되는 한, 우주의 비밀을 완전히 밝히기는 무리일 것으로 생각합니다.

그러나 신성서학적 관점에서 말하는바, 사람의 영혼이 곧 신이란 사실에 근거하면 과학자 자신들이 곧 신이란 결론에 도달하게 됩니다. 과학자도 모두 영혼을 소유하였기 때문입니다. 그러나 대부분의 과학자는 하나 같이 신의 존재를 부인하고 있습니다. 그것은

---

20) 천부경의 일시무(無)시일 일종무(無)종일, 태극사상의 무극(無極) 등.

과학자 자신들이 신에 대하여 그만큼 무지하였다는 것을 나타냅니다. 과학자들은 자신이 신이란 사실을 모르면서 신을 부정하였던 것입니다. 이것은 결국 과학자들이 자신의 본질을 부인한 것입니다. 그래서 지금까지 일반적인 과학실험의 결과는 신에 대하여 무지한 상태에서 얻어진 결론이라고 할 수 있을 것입니다.

신성서학을 기준으로 본 우주 창조는 자존자의 능력으로 만물이 형성되었다는 것입니다. 자존자는 영적인 재료와 방법으로 우주를 창조하셨습니다. 그런데 과학자들은 만물이 물질로 이루어졌다며 물질로 모든 것을, 접근하고 있습니다.

앞에서 양자물리학에서 얻은 우주의 가장 최소단위라고 할 수 있는 전자[쿼크]가 파동성을 가진다는 결론은 관찰자의 관여로 말미암았습니다. 그런데 양자물리학을 연구한 사람은 과학자들입니다. 이것은 곧 과학자들이 궁극적 관찰자란 의미입니다. 그런데 그 관찰자들이 영혼을 가졌습니다. 결국 전자를 관찰한 관찰자는 영혼이었다는 사실이 드러납니다.

거기서 얻은 결론은 만물의 기초가 되는 전자가 파

동성을 가진다는 사실입니다. 더 구체적으로 결론을 들춘다면 전자는 영혼이 볼 때만 입자고, 영혼이 보지 않으면 파동으로 전환됩니다. 이것을 앞에 언급한 사실들과 부합시켜보면 전자뿐만 아니라, 더 큰 원자도, 더 큰 먼지도, 더 큰 달도, 별도, 해도, 우주도 영혼이 만들어낸 그림자 같은 것이라고 할 수 있습니다. 따라서 만물은 영혼의 스크린에 비친 그림자요, 이미지란 사실입니다. 이는 곧 전자가 대상물로 존재하는 것이 아니라, 영혼이 전자를 만드는 것이라고 표현할 수 있을 것입니다.

다시 우주 창조 이전의 상태를 과학의 논리로 표현해보겠습니다. 성서를 근거하면 창조 이전의 환경을 과학의 용어를 빌어 사용하면 빅뱅 이전의 상태라고 할 수 있습니다.

과학자들 가운데는 빅뱅이론을 비판하는 자들이 있었는데, "프레드 호일(Fred Hoyle, 1915-2001)과 토마스 골드(Thomas Gold, 1920-2004)는 정기적으로 헤르만 본디(Hermann Bondi, 1919-2005)의 집에 모여 토론을 벌였다고 합니다. 그들은 빅뱅이론에 비판적이었는데 우주의 나이가 별들의 나이보다 젊다는 것과 빅뱅 이전의 일을 설명할 수 없다는 점 때문이었습니다."[21]

그러나 성서로는 분명히 빅뱅 이전의 일을 설명할 수가 있습니다. 빅뱅 이전에 자존자가 있었다는 것이 그 답입니다. 성서는 우주가 자존자에 의하여 펼쳐졌다는 것을 가르쳐줍니다. 또 우주의 나이가 별들의 나이보다 적다는 것도 앞에서 논한 물질은 하나의 생각이 만든 이미지란 결론을 통하여 답이 될 수 있을 것입니다.

우주의 나이는 '스스로 있는 자'가 사람의 영혼을 만들 때부터 카운트다운 되어야 합니다. 왜냐하면 우주와 만물은 물질로 실존하는 것이 아니라, 인간의 영혼이 만든 이미지이기 때문입니다. 따라서 우주와 만물의 역사는 인간의 영혼이 만들어진 시기와 동등하거나 그 직후란 근거를 찾을 수 있습니다. 더 정확하게 표현하면 만물의 시작은 '스스로 있는 자'가 허락한 피 창조물로써 인간의 영혼에 인입(引入)된 시기와 동일하다고 표현할 수 있을 것입니다. 그런 의미에서 우주라는 전체 테두리만은 인간 영혼의 출현과 동일하다

---

21) [네이버 지식백과] 우주론 논쟁-팽창하는 우주 (물리산책).

고 볼 수 있을 것입니다.

결국 여기서 인간의 역사가 곧 우주의 나이란 놀라운 결론에 도달하게 됩니다. 뿐만 아니라, 빅뱅우주론을 비판한 프레드 호일(Fred Hoyle, 1915-2001)과 토마스 골드(Thomas Gold)의 별들의 나이에 대한 견해 또한 본 필자의 논리에 의하면 그 비판의 가치가 없다고 보여 집니다. 이들이 말한 별들 또한 인간의 영혼에 의하여 이미지화 된 것에 지나지 않기 때문입니다. 즉 이들이 주장한 별들이 우주의 나이보다 많다는 근거가 본 필자의 논리에 비추면 그 근거를 찾을 수 없다는 것입니다.

이 책을 통하여 이런 일련의 것들이 증명되면 이제 우주의 모든 비밀을 여는 것은 시간문제가 아닐까요? 그러나 그러기 위해서는 신성서학을 통하여 우주가 신의 작품이란 사실을 용납하여야 하는 부담이 주어집니다.

우주 창조 이전에 '스스로 있는 자'가 있었습니다. 이 분은 물질이 아닌 영체이므로 그때 어디에도 물질이란 없었습니다. 그때는 하늘도 땅도 바다도 산도 물도 들도 생명체도 없었습니다. 이 단계를 단순히 넘어

가지 말고 생각에 생각을 하여야 할 필요가 있습니다.

이 단계가 종교와 철학과 과학이 풀어야 할 궁극적 실마리를 제공할 수 있기 때문입니다. 이 단계에서는 물질도 없었고, 공간도 없었고 시간도 없었습니다. 애써 표현하면 이 상태는 0차원의 세계란 말이 해당될 것입니다. 아무 것도 없는, 오직 한 신만이 존재했던 세계였습니다.

오늘날 모든 것은 이 단계에서 시작되었습니다. 이 단계가 창조 이전의 세계였습니다. 수학에서 0이란 수는 없으면서도 무한대의 수라고 수학자들은 정의를 내립니다. 0은 제로란 뜻이지만 이 제로가 없으면 10도 없고 100도 없고, 조도 경도 있을 수 없습니다.

창조 이전 단계는 마치 0과 같은 상황이었다고 할 수 있을 것입니다. 그리고 그 0의 자리에 영[(靈)신]이란 글자를 대입하면 0과 같은 영[(靈)신]은 물질이 아니니 보이지도 않아서 마치 0같이 아무것도 없는 듯할 것입니다. 그러나 이 영[(靈)신]이 결국 자신의 방식으로 전자도 만들고, 양성자도 중성자도 만들고, 산과 들과 바다도 만들고, 지구도 만들고, 해도 달도, 끝없는 우주도 만들 수 있었습니다.

그러나 창조 이전 단계에는 보이는 것은 아무것도 없었습니다. 그런데 오늘날 우주에는 어떤 것들이 있습니까? 천지, 해, 달, 별, 산과 들, 바다, 수많은 사람, 수많은 동식물, 공간과 시간이 있습니다. 이 모든 것은 누구에 의하여 어떻게 나타나게 되었을까요?

이 순간 철학자들은 만물의 근원이 무엇인가를 '어디서 찾았던가'에 대해서 찾아볼 필요가 있을 것입니다. 여기서 철학의 거장 아리스토텔레스[Aristoteles]의 만물에 대한 생각을 참고해볼 필요를 느낍니다.

"그의 연구는 ① 존재와 그 구성·원인·기원을 대상으로 하는 이론학, 이것에는 제1 철학, 수학, 자연학이 포함되고, ② 인간의 활동을 대상으로 하는 실천학, 여기에는 윤리학, 경제학, 정치학이 포함되며, ③ 창조성을 대상으로 하는 제작술(製作術), 여기에는 시(詩) 등 예술 활동이 포함된다. 제1 철학은 후에 형이상학이라 불리게 되는 것을 말한다. 학문 연구의 대상은 일반적인 것의 획득이고, 이 획득은 감각에 기초한 지각에 의한 개개 사물 가운데 있는 일반적인 것을 인식함으로써 성립하며, 감각적인 것을 통하지 않고는 체험될 수 없다고 보고 귀납을 인식의 조건으로 삼았다."

"그에 따르면 사물 생성의 조건이라는 의미에서의 원인으로 ① 질료(質料, 그 hyle, 영 matter) : 생성의 수동적인 가능성, ② 형상(形相, 그 eidos, 영 form) : 질료에 내재하는 본질, ③ 운동의 시원(始原), ④ 목적 등 네 가지를 들었다."

"이렇게 일체의 존재는 질료와 형상의 결합이며, 가능성(질료)이 현실성(형상)으로 전화 · 발전하는 것으로 보았다. 질료에는 수동성을, 형상에는 활동성을 부여함으로써 운동의 시원과 목적을 형상에 귀착시켰다. 여기에서, 운동의 시원으로서 스스로는 움직이지 않으면서 다른 것을 움직이는 것, 즉 '움직이지 않는 최초의 움직이는 것'으로 신(神)을 내세운다."[22]

이상의 아리스토텔레스의 철학 이론은 신성서학의 창조론을 부연 설명해주는 좋은 자료라고 생각합니다. "그에 따르면 사물 생성 조건의 원인으로 영[질료]을 들고 있음을 확인할 수 있습니다. 그다음 질료와 합일

---

22) (철학사전, 2009., 중원문화)
23) 아리스토텔레스의 용어. 플라톤이 이데아 세계와 감각에 의한 현존의 개물 세계를 분명하게 나누어, 세계를 이원화한 것에 대하여 아리스토텔레스는 이데아(idea) 혹은 에이도스를 형상이라 하여, 형상과 이에 대한 질료(hyl?), 이들 양자의 상호관계를, 가지고 세계를 일원적으로 이해하고자 하였다. 즉 형상은 활동적이고 질료는 수동적이며 형상을 취하여 질료는 현실적인 것이 된다. (철학사전, 2009., 중원문화)

되어 나타나는 형상(形相, 그 eidos, 영 form)[23]과 운동의 시원(始原)을 들어 사물을 설명하고 있습니다. 운동의 시원은 곧 인간을 비롯한 생명체의 움직임에 관한 아리스토텔레스의 견해입니다. 그것은 곧 생명체들의 생명력에 관한 내용입니다. 아리스토텔레스는 운동의 시원으로서 스스로는 움직이지 않으면서 다른 것을 움직이는 것, 즉 '움직이지 않는 최초의 움직이는 것'으로 신(神)을 내세운다" 라고 했습니다. 여기서 '스스로는 움직이지 않는 존재'를 신으로 설정하고 있습니다. 그러면서도 그 신은 '다른 것을 움직이는 것'이라고 정의를 내리고 있습니다.

이 내용을 신성서학의 이론으로 설명하면 '스스로 움직이지 않는 존재'는 곧 '스스로 있는 자'로 설정이 가능합니다. 그리고 '다른 것을 움직이게 해서 최초로 움직이는 것' 즉 최초로 움직이게 된 생명체는 '첫 사람'으로 설정할 수 있을 것입니다. 아리스토텔레스의 말은 곧 '운동의 시원'을 '첫 사람'으로 본 것을 알 수 있습니다. 그리고 그 운동을 일으킨 근원을 신으로 설정하고 있음을 알 수 있습니다.

다음은 아리스토텔레스 이후 수천 년의 세월을 보내

고 나타난 그 후예들의 과학적 주장입니다.

오늘날 과학자들은 빅뱅우주론, 홀로그램 우주론, 시뮬레이션 우주론, 끈 이론, 파동이론, 양자물리학 등 다양한 우주론을 주장하고 있습니다. 그러나 이 모든 것들을 창조 이전의 단계에서 무엇이 있었고, 어떤 상태였는가를 생각해보므로 각자의 생각을 모을 수 있을 것입니다. 한편 불교학의 반야 사상인 '색즉시공 공즉시색'이 이 단계를 생각하며 연구해본다면 더 명확한 답을 얻을 수 있는 기회가 될 것이라 생각합니다.

성서의 말씀에 근거하여 창조 이전의 단계를 제시하는 것은 우주의 비밀을 여는 또 다른 열쇠가 될 수도 있다는 기대를 해볼 수 있을 것입니다. 오늘날의 우주와 및 모든 것의 비밀을 이 단계를 참고하여 풀어갈 수 있습니다. 창조 이전 단계에 존재했던 것은 오직 물질이 아닌 신이신 하나님만 계셨습니다. 성서는 만물이 하나님에 의하여 발생 되었다고 합니다. 하나님은 신입니다. 이 말에 근거하면 만물인 우주도 천지도, 산도, 들도, 바다도, 모든 생명체도 신에 의하여 생성되었다는 말이 됩니다. 즉 만물은 신의 소산물이란 것입니다.

자 그럼 다음 장에서는 신이 만물을 어떤 방법으로 창조하였는가를 알아보기로 하겠습니다.

5. 하나님이 만물을 창조한 비법

하나님이 만물을 창조하기 이전의 단계는 과학에서 말하는 빅뱅 이전의 상태를 설명하고 대변하는 좋은 성서적 자료라고 생각합니다. 원자 같은 작은 알갱이가 초고온의 열을 받아 순간 폭발하여 우주가 되었다는 이론이 많은 과학자가 오늘날 인정하는 빅뱅우주론입니다. 오늘날 우리가 사용하는 에너지는 빅뱅 때, 생긴 우주 배경복사에너지라고 과학자들은 말하며 빅뱅우주론의 타당성을 지지합니다.

양자물리학 등 우주의 원리를 찾으려고 할 때, 성서에 기록된 만물창조 이전에 무엇이 있었던가를 생각해보는 것은 매우 흥미로운 일일 것입니다. 이중 슬릿 실험에서 나타난 전자의 이중성 즉 전자는 입자이면서 동시에 파동이란 결과를 얻은 바 있다고 앞서 말하였습니다. 그러나 과학자들은 그 결과에 대해서 당혹했으며 그런 결과가 나온 이유를 지금도 아이러니한 것으로 보고 있습니다.

관찰자의 유무에 따라 만물의 초석인 전자가 입자로 보였다가 파동으로 보였다가 하는 현상을 보고 실험자들은 그 전자가 어떤 인지기능을 가진 것이 아닌가 하고 추측했습니다. 이중 슬릿 실험으로 나온 결과는 전자가 파동의 형태를 취할 수도 있다는 점과 인지능력을 가질 수 있다는 가능성일 것입니다.

물질이 아니면서 인지능력을 가지는 것이 무엇이 있을까요? 있다면 참 희귀한 놈일 것입니다. 성서에는 그런 신기한 것이 있습니다. 성서는 신학(神學)의 모체입니다. 신학의 근거는 신(神)입니다. 과학에서는 물질세계에서 '모든 것은 원자로 이루어졌다' 라고 한다면 성서의 세계에서는 '모든 것은 신으로 이루어졌다' 라고 말할 수 있습니다.

로마서 1:20 "창세로부터 그의 보이지 아니하는 것들 곧 그의 영원하신 능력과 신성이 그 만드신 만물에 분명히 보여 알게 되나니 그러므로 저희가 핑계치 못할찌니라"라고 만물에는 신성이 들어가 있다고 합니다.

창세부터 만든 만물에는 신이신 하나님의 신성이 있는데 그것이 창조주의 능력이며 그 능력은 영원하다는 내용입니다. 그래서 만물에는 신성이 있다고 합니다. 그러니 성서는 '모든 것은 신으로 이루어져 있다'고 말합니다. 신은 물질이 아니면서 인지능력을 가지고 있습니다. 성서에서 만물을 만든 재료는 신밖에 없습니다. 그렇다면 만물의 재료는 신이고, 만물은 신으로 이루어졌다고 말할 수밖에 없습니다. 신은 인지능력을 가지고 생각으로 물질을 만들기도 하고, 현상이나 사건을 만들기도 할 수 있습니다. 양자역학에서 전자가 물질이 되었다가 파동이 되었다가 변신(變身)하는 것은 전자가 '신의 입자'란 가능성을 부여한 것으로도 추론할 수 있습니다.

양자물리학은 우주를 구성하고 있는 물질의 세계를 규명하기 위하여 미시세계를 연구하는 학문입니다. 미시세계에서 다루는 것이 양성자나 중성자나 전자 같은 것들입니다. 그런데 물질을 이루는 최소의 단위라고 할 수 있는 전자가 물질의 성질 외, 파동으로도 존재하기도 한다고 밝혀진 것은 매우 이례적인 현상입니다.

양자물리학은 이미 만들어진 우주의 최소의 단위를

연구한 것이고, 성서의 창조는 그 우주를 만든 시작의 단계에서 무슨 재료로 어떤 방법으로 우주를 만들었는가를 말해주고 있습니다. 양쪽이 진리라면 그것들을 분석한 결과에도 모순이 없어야 할 것입니다.

실제 나온 결과는 양자물리학에서는 전자가 파동성[무형]을 가지며 인지능력이 있다는 것이고, 성서는 신으로 우주를 만들었다고 했는데 그 신 역시 파동성[무형]을 가지며 인지능력을 가졌다는 공통점을 가지고 있습니다. 이 정도의 접근으로도 거리가 멀었던 과학과 성서가 좀 더 가까워질 수 있는 근거를 마련하였다고 할 수 있을 것입니다.

성서에서 창조과정에 사용한 재료가 오직 신뿐이었다는 것에서 양쪽은 매우 흥미로운 관계를 맺고 있음을 유추할 수 있습니다. 만물들은 원자들의 집합으로 이루어졌습니다. 만물의 기초인 원자[양성자, 중성자, 전자]가 인식을 한다는 사실은 매우 놀라운 사실입니다. 그것을 성서의 창조 섭리로 표현하면 원자는 곧 신의 입자라고 표현할 수 있습니다. 이는 힉스 입자를 신의 입자라고 명명한 피터 힉스[24][사실상은 출판사가 붙인 이름이지만]를 생각나게 합니다.

그 외에도 성서가 기록한 창조 이전의 상태를 이해, 심화시키기 위해서는 근간에도 활발하게 연구 중인 끈 이론이나 M이론도 좋은 참고가 될 것입니다. 이뿐만 아니라, 시뮬레이션(simulaion, 가상 우주론)[25] 우주론, 프랙탈(fractal) 우주론, 인플레이션 우주론, 다중 우주론, 평행 우주론, 홀로그램 우주론 등도 창조 이전의 역사를 통하여, 설명이 가능합니다.

이들, 과학자들이 각각 그런 이론을 내놓은 것은 전혀 근거 없이 낸 것은 아닙니다. 이들, 이론들은 하나같이 우주의 이치를 심오하게 관찰하여 깨달은 천재적

---

24) Higgs boson. 입자물리학 표준모형의 기본입자 중 하나다. 1964년 영국의 이론물리학자인 피터 힉스가 자발적 대칭성 깨짐(=힉스 메커니즘 혹은 힉스-앤더슨 메커니즘)을 설명하기 위해 도입한 개념으로, 이것이 바로 우리가 잘 알고 있는 기본입자들의 관성과 관성 질량을 만들어내는 것이다. 종종 "신의 입자"로 불리기도 하는데, 이것은 리언 레이더먼의 책 제목인 "God Particle"에서 따온 것이다. 사실 "Goddamn Particle", 즉 "빌어먹을 입자"로 하려 했으나 출판사 쪽에서 수정한 것이라고. 이 때문에 '힉스 보존이 발견되면 기독교가 부정당한다' 혹은 '힉스 보손이 신의 존재를 증명한다' 같은 엉뚱한 루머가 돌기도 했다.

25) 우리는 오감을 통하여 세상을 받아들이고, 이 정보는 신경계를 통해 두뇌로 전달된다. 그리고 두뇌는 이 정보를 적절하게 해석하여 반응을 결정한다. 그런데 누군가가 우리의 뇌를 인공적으로 조작하여, 밥을 먹거나, 이렇게 인터넷을 할 때, 전달되는 신호와 완벽하게 똑같은 신호를 뇌에 주입하면 그것을 어떻게 구별할 수 있을까? 당연히 구별할 수 없다. 더 나아가서 우리는 육체가 필요 없다. 뼈와 근육, 장기, 혈액 등등의 생체물질 따위 없어도 상관없다.
https://blog.naver.com/wjdtkd1227/220848327211
불교의 유식학과 유사

인 과학자들이 내놓은 우주학들입니다. 그러나 필자가 보는 이들 제 이론들은 참 진리로 깨달은 성서학에 비교할 때, 이들은 장님들이 코끼리의 각 지체(肢體)를 만지고 자신의 느낀 것이 코끼리의 전신(全身)이라고 논술한 것에 비교할 수 있다고 봅니다.

신성서학의 창조이론은 이들이 주장한 우주에 대한 제 이론을 모두 통합할 수 있는 근거가 있습니다. 건축가가 설계도를 보고 어떤 건물을 지었다고 가정해봅시다. 그리고 어떤 예술가가 그 지어진 건물을 보고 분석을 했다고 합시다. 그리고 예술가는 지어진 건물을 자세히 조사하여 보고서를 썼다고 합시다. 보고서는 어떤 결과를 도출해낼 것인가요?

건축가는 예술가의 보고서를 보고, 그 보고의 진위가 어떠한지 평가할 수 있을 것입니다. 성서가 진리라면 우주를 창조한 창조주는 그 건축가처럼 우주에 대해서 모든 것을 알고 기록하게 했을 것입니다. 만약 어떤 과학자가 이 우주의 겉모양을 보고 보고서를 썼다면 창조주는 그 보고서의 진위를 평가할 수 있을 것입니다.

위에 소개된 각종, 우주론에, 있어서도 이 우주를 창

조한 분이 있다면 그분이야말로 각각의 과학자들이 주장한 것들이 어떠한지 평가할 수 있을 것입니다. 또 성서학의 개념으로 우주를 창조한 그분의 영 곧 성령의 감동을 받아서 성서를 바르게 해석할 수 있는 지혜가 있는 사람이 있다면 역시 그러할 것입니다. 건물의 겉모습을 보고 그 건축물을 분석한다 할지라도 그 건물을 직접 지은 내용과 어느 정도는 공통점이 도출될 것이란 것입니다.

필자는 이러한 제 과학적 우주론들이 신성서학(新聖書學)[26]의 해석을 통하여 통일장이론으로 통합될 수 있다는 충분한 가능성에 대해서 확신을 얻었습니다. 즉 신성서학은 우주 창조의 내력을 정신적 창조로 재조명함으로 아래에서 약술(略述)할 각종, 우주론들의 이론들을 다 통합하고 원융(圓融)할 수 있기 때문입니다.

이 중에 몇 가지만 살펴보고자 합니다.

이중 슬릿 실험에서 모든 물질은 입자와 파동이라는 이중성을 지니고 있다는 것을 발견하였습니다. 그리고 우주를 구성하고 있는 기초인 전자가 인식 기능을 가

---

26) 기존 성서학이 봉합된 성서를 인본주의적으로 해석한 문자적 인간적 해석이라고 할 때, 신성서학은 그와 다른 열린 계시 곧 성령의 감동으로 해석한 성서학을 의미함[필자 주].

진다는 것은 과학계의 새로운 발견이라고 할 수 있습니다. 그런데 로버트 란자는 자신의 저서 『바이오센트리즘』 표지에 "왜 과학은 생명과 의식을 설명하지 못하는가?"라는 중대한 명제를 남겼습니다.

그리고 "빅뱅 이전에는 무엇이 있었는가?", "우주는 어디로 팽창하는가?", "입자는 어떻게 무로부터 탄생하는가?", '이런 질문에 현대물리학은 어떤 대답도 들려주지 못한다' 고 비판했습니다.

그러나 앞에서 논한 신성서학의 해석으로 영적 창조학은 이 세 가지 의문을 다 풀어주기에 부족함이 없다고 생각합니다. "왜 과학은 생명과 의식을 설명하지 못하는가?"라는 의문에 대해서는 앞에서 성서는 생명과 의식의 출현을 실상으로 모두 설명할 수 있었습니다. '스스로 있는 자' 는 영으로 신으로 존재하며 그는 '생명' 이며 빛이며, 그는 '의식하는 자', '생각하는 자', '상상하는 자' 로 설정됩니다. 그리고 이 자가 자신의 형상으로 사람을 창조했다면 그 생명과 그 생명의 기능인 의식은 곧 사람에게 전이되어왔음을 알 수 있습니다. 그래서 사람은 양자역학에서 말하는 관찰자로 설정이 되죠. 그리고 우주와 만물은 관찰자의 대상물로 관찰자에 의하여 관찰되는 어떤 존재임을 파악할 수 있습니다. 피 관찰자는 관찰자가 존재하는가 혹은 존재하지 않은가에 따라, 존재하는 것처럼 또는 존재하지 않는 것처럼 행동합니다. 이 대상물인 피 관찰자는 관찰자와 대상물의 상호작용을 통해서 나타나는 하나의 현상이고, 이미지입니다. 이것이 곧 보통사람의 느낌으로는 입자요, 만물이요, 우주입니다.

이때 상호작용을 일으킨 관찰자와 대상물은 서로 생명작용 관계로 존재하는 것이죠. 그 생명은 곧 영혼을 가진 사람이 되고, 그 사람의 영혼은 그 대상물을 관찰하며 형상화 합니다.

그리고 그다음 의문인 "빅뱅 이전에는 무엇이 있었는가?"라는 데 관해서도 앞장에서 창조 전의 단계에서부터 있던 '스스로 있는 자'의 존재를 통하여 원융(圓融) 시킬 수 있습니다. 빅뱅 이전에 존재했던 것은 신이었고, 창조신은 창조력을 소유하였습니다. 창조주의 창법은 말씀이었고, 말씀은 곧 영이며, 신입니다. 그 신에 의하여 물리적인 우주가 탄생한 것이 아니라, 관찰자의 창조였습니다. 관찰자는 영혼을 가진 사람이고, 영혼은 인식과 생각을 생산하고 운용할 수 있는 기능을 가졌습니다. 이 관찰자들에 의하여 우주가 펼쳐집니다. 그 우주는 물리적 우주가 아니라, 영적 우주입니다. 영적 우주는 생명의 상호작용으로 사람들에게 현현되어 나타납니다.

그 다음 "우주는 어디로 팽창하는가?"에 대한 의문은 우주는 실상이 아니라, 사람의 영혼이 만든 이미지라고 설명한바, 이것으로 우주의 팽창은 물리적 공간적 팽창이 아니라 '이미지의 팽창'이란 해석을 통하여 그 의문을 해결할 수 있습니다.

그리고 마지막 의문은 "입자는 어떻게 무로부터 탄생하는가?"였습니다. 이 의문에 대해서도 신성서적 해석은 막힘없이 답을 내릴 수 있습니다. 입자도 사람의 영혼이 만들어내는 의식이며 이미지입니다. 창조전에는 공의 상태였고, 오직 존재한 것은 '스스로 있는 자'였습니다. 스스로 있는 자는 자신과 같은 영혼을 만들었습니다. 그 영혼이 사람을 이루었죠. 영혼은 물질을 만들 수 없지만 이미지는 만들 수 있습니다. 양자물리학의 입장에서는 전자는 파동으로 존재합니다.

그러나 전자가 입자로 구성될 때는 관찰자의 '바라봄'으로 형성됩니다. 입자는 관찰자가 만든 이미지라고 할 수 있을 것입니다. 신성서학은 영적 창조론을 통하여 만들어진 것은 오직 '자신의 형상으로 사람을 지은 것'이라고 합니다. 자신의 형상은 분명 신입니다. 그 신을 우리는 영혼이라고 부릅니다. 따라서 만들어진 것은 오직 영혼입니다.

그러나 그 영혼은 영적인 만물을 형상화 할 수 있습니다. 이렇게 신성서학은 결코 물질을 만들었다고 성서를 해석하지 않습니다. 그래서 과학에서 말하는 입자를 신성서학적으로 표현하면 입자가 무에서 유가 만들어진 것이 아니라, 영혼이 만든 조화요 이미지로 해석하므로 입자가 무에서 유가 될 수 없다는 질문에 반론을 내놓게 됩니다.

이렇게 신성서학은 우주와 물질창조를 영적 창조로 해석합니다. 신성서학은 과학적 논리로 '만물은 원자로 이루어졌다'를 만물은 '영혼으로 이루어졌다'로 해석을 내놓습니다. 과학에서 우주와 만물이 원자라는 기초위에 세워졌다는 논리는 과학적 입장에서 만물의 체계이며, 시스템이며, 메카니즘이라고 할 수 있습니다. 이에 대하여 신성서학의 영적 창조는 만물이 물리적인 것으로 보일 수 있도록 설계한 체계이며, 시스템이며, 메카니즘이란 것입니다. 즉 영적 창조는 우주와 만물에 관한 과학적 논리가 영적인 것에 기초하고 있다는 것입니다.

로버트 란자 박사는 '이런 질문에 현대물리학은 어떤 대답도 들려주지 못한다'고 했지만 신성서학은 이렇게 설명할 수 있습니다. 이 설명이 과학과 성서가 원융 되는 길이 되기를 기원해봅니다. 그리고 모든 제 이론이 하나로 통합될 수 있는 통일장이론이 성립되기를 간원 합니다.

또 『바이오센트리즘』에 대한 어떤 평론에 의하면 "그러면서 '기존 모형에 따르면 우주는 138억 년 빅뱅이라는 우연한 사건으로부터 탄생했다.' 그러나 빅뱅이 어떻게 시작됐는지는 알지 못한다. 또한, 빅뱅 이후 우주가 점차 진화하는 과정에서 우연히 지구라는 행성에 생명체가 등장했다고 설명한다. 그러나 이는 확률적으로 대단히 낮은 우연적 사건이다. 가령 빅뱅의 폭발력이 100만 분의 1만큼 더 강했더라면, 팽창 속도가 너무 빨라 은하계와 생명이 탄생하지 못했을 것이다. 또한 강력(strong nuclear force)이 2퍼센트만 약했더라면, 원자핵이 생성되지 못해서 우주는 가장 단순한 형태인 수소만이 존재했을 것이다. 이와 더불어 과학을 하는 사람이라면 '무에서 유가 생겨날 수 없다'라는 것을 명백하게 알고 있다. 그러면서도 아무것도 없는 상태에서 갑자기 발생한 '빅뱅'을 이론으로 신봉한다는 점은 아이러니가 아닐 수 없다"라고 비평했습니다.[27]

그러나 앞에서 언급한 것처럼 신성서학은 과학이 아직 설명하지 못하는 생명과 의식을 설명할 수 있는 근거가 있습니다. 빅뱅우주론의 모순도 설명할 수 있습니다. 빅뱅에 의하여 창조된 우주가 물리적 우주라면 많은 모순을 만들지만, 그 우주가 사람의 영혼작용으로 만든 생각이며 이미지라면 대부분의 모순은 제거가 됩니다.

프랙탈(fractal) 우주론은 우주가 입자로 이루어진 프랙탈 구조로 보는 가설입니다. "하나의 입자 속에는 완벽한 우주가 있다는 생각은 17세기의 철학자이자 물리학자인 라이프니츠의 주장이다. 시적으로 표현하면 '당신의 눈동자는 우주요 내 마음을 밝히는 별입니다'라고 표현할 수 있는 인간의 눈동자는 우주의 성운과

27) https://blog.naver.com/yeamoonsa3/221237817943

닮았고, 인간의 뇌 속 신경망 뉴런을 연결하는 시냅스를 확대하면 은하와 성단으로 이루어진 우주의 모습과 완벽한 일치를 이룬다"고 합니다.

"입자 속에는 또 다른 무수한 입자가 있고 각각의 입자들은 모두 유사한 형태를 이룬 자가 닮은꼴로 질서와 통일, 반복과 혼합, 혼돈과 기하학적 구성 요소를 지녔기에 '거대한 생명체의 몸속에 우리 인간이 있는 것'이 아닐까 하는 재밌는 상상과 우주의 무한성을 의미하는 것이 프랙탈 우주론이다."[28]

성서를 근간으로 보면 거대한 생명체는 일심(一心)이며 하나님이십니다. 그 생명체 안에 우리 인간의 영혼이 있다는 것이 창조의 내력입니다. 이 우주론도 신성서학에 의한 영적 창조에 비춰보면 성서와 원융 가능합니다.

넓은 모시 원단을 작게 조각을 내도 모시고, 작은 조각을 맷돌로 갈아도 모시입니다. 모든 것은 모시 씨에서 난 것이기 때문입니다. 우주 전체가 이미지고, 우주가 영혼에 의하여 투영된 환영(幻影)이라면 영혼에 투영된 아주 작은 것도 환영일 것입니다. 인간의 영혼들

---

28) https://blog.naver.com/zennpl/221006439472

은 공통으로 보고 듣고 인식하는 메카니즘을 가졌다고 볼 수 있습니다. 우주의 조각을 보는 것이나 우주 전체를 보는 것이나 모두 한 메카니즘이라고 할 수 있습니다. 이것은 곧 빨간 색안경을 끼고 먼지를 보아도 빨갈 것이고, 축구공을 보아도 빨갈 것이고, 달과 우주를 보아도 빨갛게 보이는 것과 다르지 않습니다. 또 색안경 대신에 3D 안경을 끼고 만물을 바라봐도 이치는 같다는 것입니다.

만물을 보고 척도 하는 것은 인간의 오 감각이고, 궁극은 그 감각의 근저에는 영혼이 있습니다. 우리는 영혼의 메카니즘으로 전자도 보고 우주도 보고 있음을 깨달을 필요가 있습니다. 이쯤에서 신성서학이 프랙탈(fractal) 우주론과 통용할 가능성이 보이지 않나요?

시뮬레이션(simulaion) 우주론은 "철학자 닉 보스트롬 등이 주장하는 우주론인데 우리가 사는 우주가 일종의 거대한 시뮬레이션이라는 것이다. 그 증거의 한 예가 황금비의 발견이라고 하며 일론 머스크가 이 주장에 지지를 표하면서 유명해졌다. 이 주장에 따르면 오메가 포인트에 나오는 그런 슈퍼컴퓨터에서 우리가 살고 있다는 것이다. 일종의 제1 원인론이라 사실상 검증할 방법이 없다"고 결론이 났습니다.

시뮬레이션(simulaion) 우주론을 시적으로 표현하면 "나는 꿈인가 아니면 현실인가! 라고 말할 수 있는 것이 시뮬레이션(가상현실, 모의실험) 우주론이다. 영화 매트릭스처럼 나의 key를 가지고 있는 playersms이 따로 있고 나는 화면 속의 게임 캐릭터며 아바타로 이 세계의 모든 것은 허상이라는 생각, 이것은 불교의 무(無)와 공(空) 사상과도 연관이 있다. 삶은 단지 로그인 상태이고 죽음은 로그아웃 상태에 불과하다면 인생은 허무하고 공허하며 연연할 필요가 없는 것이다."

"시뮬레이션(simulaion) 우주론의 관점에서 인간의 삶은 가상현실 프로그램일 뿐이라고 본다면 이 세계를 만든 존재는 엔지니어(기술자)로 불리는 신이 된다. 이 세계가 시뮬레이션이어야 하는 이유는 우주가 대 함몰(종말)할 것이라면 고도의 지능화와 기술의 존재는 그 정점에 이른 이후 그를 통해 모의실험을 할 것이고 그러한 미래의 상황에서 본다면 현재는 차라리 가상이어야 한다는 것이다. 자연계는 수학적인 체계를 가졌고 그것은 우리의 세계가 정교하게 만들어진 컴퓨터 프로그램임을 반증하는 것이다."

"동양철학에서는 가설을 통해 만나는 사물과 현상, 우주에 대한 인식은 더욱 높은 차원(지적 설계자)을 대입할 수 있는데 그 한계는 인간적 관점의 추론을 통해 설명하고 해석한다는 문제가 있다. 저명한 물리학자들이 이토록 집요하게 세상과 우주와 인간에 대해 설계자를 내세우는 이유는 그들이 발견하고 연구하는 우주가 결코 우연의 반복을 통해 이루어질 수 없음을 뜻하는 것이고 창조주의 존재가 있음을 역설적으로 인정하는 것이다."

"그들은 일반인이 이해할 수 있도록 가설과 이론을 세우고 논문을 발표하는 것이 아니다. 과학적 추론과 가설의 검증(증명되었다는 공표)을 통해 그들이 인식하고 있는 인본주의와 인간 중심의 세계관을 지속시켜 독점적 지위와 이득을 취하는 것이 훨씬 유리하기 때문이다. 전문성을 가진 학문에 대한 접근이 쉽지 않고 그러한 특정 분야에 따른 비밀과 특수성으로 인해 지적 허영과 허세와 사기를 치더라도 가린 진실을 감별해 내기가 쉽지 않은 것은 당연해진다."

그러나 시뮬레이션 우주론도 본 책에서 주장하고 있는 창조 섭리에 근거하면 이 창조주의 섭리를 대변하고 있다고 판단됩니다. 성서적으로 접근을 해도 우리가 사는 우주는 하나님 또는 신에 의하여 움직이는 가상의 세계라고 표현해도 무방할 것 같습니다. 다만 이렇게 되려면 컴퓨터 프로그래머의 자리를 하나님에게 내어주어야 하는 센스가 필요하겠죠?

이렇게 우주는 하나님이 통제하는 프로그램에 의하여 돌아간다는 것을 증명하는 것이 각종 우주론들이라고 생각됩니다. 이 시점에서 복잡해지는 한 가지 중요한 사실이 돌출합니다. 인류 세계가 창조주란 프로그래머에 의하여 존재하며 인류의 삶이 전개되고 있었다면 인류 세상에서 발생 되는 모든 것들과 일들은 창조주의 생각의 산물이란 뜻이 됩니다.

그 산물의 실상은 우리이며 우리가 매일 접촉하며 만나는 모든 일들입니다. 이런 일들 중에는 살인, 전쟁, 불행, 이별, 질병, 죽음 등도 있습니다. 이런 것들 중에는 지진, 화산폭발, 태풍, 해일, 벼락 등 천재지변도 있습니다. 이들은 모두 부정적 일들입니다.

성서에는 창조주를 하나님으로 이름 지었으며 하나님은 사랑의 본체이신 선하신 분으로 소개됩니다. 그런데 그런 선한 분의 프로그램이 살인, 전쟁, 불행, 이별, 질병, 죽음, 지진, 태풍, 벼락 등 천재지변이라면 무엇인가 모순이 있습니다. 이런 상황을 이해할 수 없기에 인류 중에는 이제 서서히 하나님을 믿고 의지하는 사람들이 점점 줄어들고 있습니다. 이를 반전시키기 위해서는 이런 모순이 왜 나오는가를 해결하지 않으면 불가능할 것입니다. 그러나 하나님은 모순을 해결할 수 있는 내용을 성서에 명확하게 기록해두었습니다.

앞에서 논한 인간 세계에서 하나님이 떠나시고 그 자리에 뱀이 앉았다는 사실이 그런 모순을 낳은 원인입니다.[29] 이쯤에서 뱀의 비밀을 밝히지 않을 수가 없게 되네요. 뱀은 비유적 표현입니다. 그렇다면 뱀의 실상이 무엇인지 알아야 과연 누가 그러한 모순을 낳았는가를 판가름할 수 있을 것입니다. 뱀의 실상이 무엇인지를 성서에서 찾아보겠습니다.

계 20:2 "용을 잡으니 곧 옛 뱀이요 마귀요 사단이라 잡아 일천년 동안 결박하여."

이상에서 뱀은 옛 뱀으로 창세기 때, 인간 세상에 들

---

29) 창6:3 "여호와께서 가라사대 나의 신이 영원히 사람과 함께 하지 아니하리니 이는 그들이 육체가 됨이라 그러나 그들의 날은 일백 이십년이 되리라 하시니라."

어온 뱀이란 것을 알 수 있습니다. 그런데 뱀과 용과 마귀와 사단은 동류(同類)라는 사실을 여기서 확인할 수 있습니다. 마귀와 사단도 신입니다. 그러나 마귀와 사단은 악한 영, 악한 신입니다. 여기서 중요한 하나의 사실을 짚고 넘어가지 않으면 안 됩니다. 앞에서 우리는 처음, 사람이 하나님의 형상으로 지음 받는 장면을 보았습니다.

그런데 인간 세상에 악령이 들어왔다는 것은 인간 세상을 주관하는 주인이 바뀌었다는 신호입니다. 그와 동시에 창세기 6:3에서 하나님은 인간 세상에서 떠나셨습니다. 인간 세상에서 하나님이 떠났다는 실상은 인간에게서 하나님의 영이 떠났다는 것이며 이는 인간의 영혼의 변질을 의미합니다. 이는 영혼의 주인이 우리를 떠나갔다는 의미입니다. 또 뱀이 인간 세상에 들어왔다는 것은 악령이 인간의 영혼이 되었다는 의미를 내포하고 있습니다.

따라서 그 일 이후 영혼의 집합체인 인간 세상의 주관자는 악령이 되었고, 그 악령의 나라의 두령을 용으로 비유한 것입니다. 따라서 인간 세상의 주관자는 용이 되었고, 사람은 동시에 하나님의 형상에서 용의 형상으로 거듭나게 된 것입니다.

이런 결과를 통해서 인간 세상에 프로그래머는 하나님에서 용으로 교체되었다는 사실을 알 수 있습니다. 성서에서 그에 관련된 구절을 찾아볼까요?

에베소서 2:2, 계시록 20:3, 12:10 : "그때 너희가 그 가운데서 행하여 이 세상 풍속을 좇고 공중의 권세 잡은 자를 따랐으니 곧 지금 불순종의 아들들 가운데서 역사하는 영이라 무저갱에 던져 잠그고 그 위에 인봉(印封) 하여 천년이 차도록 다시는 만국을 미혹하지 못하게 하였다가 그 후에는 반드시 잠깐 놓이리라 내가 또 들으니 하늘에 큰 음성이 있어 가로되 이제 우리 하나님의 구원과 능력과 나라와 또 그의 그리스도의 권세가 이루었으니 우리 형제들을 참소하던 자 곧 우리 하나님 앞에서 밤낮 참소하던 자가 쫓겨났고."

불순종한 영은 악령이고, 그가 공중 권세를 잡았다는 것은 인간 세계에서 영권(靈權)을 장악하였다는 것을 암시합니다. 이는 야당이 정권을 획득한 경우로 비사(比辭)할 수 있겠습니다. 따라서 창세기 6:3에서 하나님이 인간 세상을 떠난 이후 인간 세상의 통치는 용이 해왔다는 큰 비밀을 여기서 깨달을 수가 있습니다.

그리고 성서는 그 용이 쫓겨날 날을 예언하고 있음을 알 수 있습니다.

우리는 용이 통치하는 기간을 산 사람이었고, 그동안 그가 한 일들이 무엇이냐는 것을 확인하면 그것에서 모순이 왜 발생했는지를 알 수 있습니다. 위 인용문에서는 인간 세상이 정한 때가 되면 구원을 이루어 그리스도의 권세가 이루어지게 됨을 알리는 내용입니다. 그때는 용을 잡아 무저갱에 가둘 때고, 그 일을 예수님이 재림하여 이루게 됩니다.

이런 일이 이루어지기 전에는 통치권이 용에게 있습니다. 그가 한 일은 만국을 미혹한 일이었습니다. 미혹당한 자들은 우리 모두입니다. 용은 하나님 앞에서 하나님의 형제를 밤낮 참소하는 일을 담당하였습니다. 참소(讒訴)란 남을 헐뜯어 죄가 없는 사람을 죄가 있는 것처럼 윗분에게 고해바쳐 이간질하는 행위입니다. 이런 성서의 말씀에 근거하면 창세기 이후 우리의 삶이 이런 영적 상황에서 진행되었다는 사실을 각인할 수 있습니다.

그런 결과로 우리 인간 세상에 악한 일들이 생겨났고, 진리에서는 멀어지게 되었습니다. 악한 일들이 우리 삶 속에서 비일비재로 일어나고 있는 것은 바로 그 때문입니다. 그래서 우리의 삶이 곧 성서에 기록된 말씀의 실상입니다. 이러한 실상 가운데 우리의 삶은 전개되어 왔습니다. 이는 우리가 하나님이 깔아놓으신 기간통신[facilities-based telecommunications] 선로(線路)로 연결되어 있었으나 이 선로의 중간에서 용이 관제탑에 앉아서 인간 세상의 영혼을 통치하고 있는 작태를 낳은 것입니다. 이 상황을 사이버 세계로 비유하면 하나님이 깔아놓은 전산망을 용이 해킹을 하여 인간의 영혼의 세계를 좌지우지하고 있다고 할 수 있겠습니다.

이런 측면을 의식한다면 우리 영혼들이 각자가 자유로이 생각하고 의사결정을 하고 행동을 결정하는 것처럼, 착각하면서 살고 있으나 사실은 그렇지가 않다는 것을 알 수 있을 것입니다. 시뮬레이션 우주론에서처럼 우리 영혼들을 조종하고 작동하는 프로그래머가 있습니다. 우리 인류는 그 프로그래머의 계획에 의하여 주어진 삶을 살고 있다고 할 수 있습니다. 그것이 우리들의 영혼을 담당하며 통제하고 있다는 놀라운 사실입니다.

그러므로 우리 인간이 구원되고 천국을 찾으려면 첫째 프로그래머가 용에서 하나님으로 교체되어야 합니다. 그 목적을 이루기 위해서 예수 그리스도께서 다시 오시게 됩니다. 오시면 그때부터 창조주가 인간 세상을 통치하게 됩니다.[30]

이 시대가 오기 전에 우리 인간을 지배하는 영적 존재는 악령입니다. 악령(惡靈)은 악한 영이란 의미죠? 악령이 인간의 영혼이 되어 인간을 지배합니다. 그런데 악한 영은 인간에게 좋은 일을 유도할까요? 나쁜 일을 유도할까요? 악한 일을 유도하겠죠? 따라서 오늘날 우리가 세상에서 살면서 겪고 있는 살인, 전쟁, 불행, 이별, 질병, 죽음, 지진, 화산폭발, 태풍, 해일, 벼락 등 천재지변들은 악령이 주는 환경입니다. 이것이 우리의 현실이고, 이것이 악령의 시대를 사는 우리들의 실상입니다.

이 악령에 반대하는 영이 곧 성령(聖靈)입니다. 성령은 거룩한 영으로 거룩한 일을 합니다. 차세대는 성령의 시대입니다. 차세대는 재림 이후의 세대입니다. 이

---

30) 계19:6 "또 내가 들으니 허다한 무리의 음성도 같고 많은 물소리도 같고 큰 뇌성도 같아서 가로되 할렐루야 주 우리 하나님 곧 전능하신 이가 통치하시도다."

시대가 되면, 살인, 전쟁, 불행, 이별, 질병, 죽음, 지진, 화산폭발, 태풍, 해일, 벼락 등 천재지변들은 모두 없어집니다. 오직 생명과 건강과 행복과 풍요와 즐거움뿐입니다. 차세대인 이때가 되면 그 차세대를 움직이는 프로그래머는 하나님이 됩니다. 그때는 즐거움이 넘쳐나는 세상이 됩니다. 그것이 차세대의 실상입니다.

신성서학적 입장에서, 우주는 시뮬레이션(simulaion) 우주라고 말할 수 있습니다. 시뮬레이션 우주는 우주가 하나의 가상이란 말이며 이는 우주가 실체가 아니란 말과 관련됩니다. 실체가 아니란 말의 의미는 또 물질이 아니란 의미로 연결됩니다. 이에 대해서 신성서학적 입장에서 우주는 영적 우주라는 것입니다. 영적 우주란 앞에서 줄곧 설명한 것처럼 우주는 인간의 영혼이 만든 이미지란 것이었습니다.

그리고 시뮬레이션 우주에서 그 우주를 주관하고 운영하는 자가 프로그래머라면 신성서학적 입장에서 우주를 주관하고 운영하는 프로그래머는 신이란 것입니다. 그리고 성서학적으로 더 나아가면 그 신은 두 종류라는 것입니다. 한 신은 악신이고, 또 하나의 신은 하나님입니다. 성서학적인 측면에서 봤을 때, 우주의 섭리는 확실히 시뮬레이션 우주로 설명될 수 있습니다. 다만 그 프로그래머가 한 나라의 정권이 여당과 야당으로 교체될 수 있듯이 인간 세상의 영권도 악신과 하나님이 서로 번갈아 가면서 교체될 수 있음이 성서적 견지입니다.

다만 그 교체 시기가 한 나라에서 여야가 바뀌는 주기처럼 짧은 주기가 아니라, 그 주기가 매우 멀다는 것입니다. 성서가 말해주는 주기는 창세기에서 시작된 뱀의 주권이 재림 때까지 이어집니다. 즉 창세기에서 아담과 하와의 범죄 이후는 뱀이 주관한 시대였습니다. 이런 측면에서 말한다면 재림은 뱀에서 하나님이 정권을 획득하는 일이라고 할 수 있습니다.

이상은 닉 보스트롬 등이 주장한 시뮬레이션(simulaion) 우주론에 대해서 성서적 관점에서 살펴본 것입니다. 그들의 관점을 성서에 근거할 때, 전혀 허무맹랑한 학설은 아니란 것을 알 수 있겠죠?

"홀로그램(holographic) 우주론은 초기 우주의 대폭발[빅뱅이론]이 2차원의 점과 선에서 시작되어 3차원의 입체로 팽창한 현재의 우주를 설명하는데 하나의 점에서 어떻게 광대한 우주가 빛의 속도로 이루어질 수 있는가 하는 의문에서 3차원처럼 보이는 우주가 사실은 2차원의 투명체이며 70~90년대를 기점으로 물리학자들이 주장한 가설로 영국의 물리학자 데이비드 봄이 체계화하였다."

"우리가 입체로 보고 느끼는 3차원은 2차원에서 시작된 것이고 적어도 초기 우주는 홀로그램일지 모른다는 것이다(2017년 1월 27일 물리학 저널 'Physical Reveiew Letter'에는 '홀로그램 우주 이론'을 뒷받침하는 논문발표, 근거가 처음으로 제시됨). 하나의 부분을 통해 원대한 차원이 보이지 않은 바깥에 있음을 의미하는 것이 홀로그램 우주론인데 즉 우리가 보는 것은 투영된 입체를 보지만 그것은 보이는 펼쳐진 부분을 보는 것으로 보이지 않는 접힌 부분의 경계는 따로 있다."

"초기 우주의 대폭발로 복사가 전파 형태로 남아있는 우주배경복사와 그 뒤 수십만 년 뒤에 나타난 여(餘) 복사 에너지(현재의 우주)가 일치한다는 것을 실험했다."

이러한 형상은 "불교철학과 유사한 것으로 모든 사

---

31) https://blog.naver.com/zennpl/221006439472

물의 현상은 마음에서 만든 허상의 세계라는 것으로 연결된다. 일심(一心)의 세계란 것이다."[31]

"우리 우주는 실제로는 2차원 형태이고 우리가 인식하고 보이는 모습은 그런 2차원이 3차원 형태로 투영된 홀로그램이라는 가설이다. 페르미 입자가속기 실험 결과, 이 주장은 틀렸다고 잠정 결론 내렸다."

그러나 신성서학적으로 이에 대입하면 우주는 홀로그램 적인 측면이 있다고 생각합니다. 우리 시각으로 보이는 3차원 우주는 실체가 아니라고 보는 관점이 그것입니다. 홀로그램 우주론에서 우리가 '투영된 입체를 보는 것은 펼쳐진 부분일 뿐이지, 접힌 부분의 경계는 따로 있다'는 점에 대한 것입니다. 여기서 접힌 부분이 전체고, 펼쳐진 부분은 일부란 것을 알 수 있습니다.

일부를 보고는 전체를 규명할 수 없지만, 전체를 보고 일부를 규명할 수는 있습니다. 홀로그램 우주론에서는 그 일부가 3차원 세계로 투영된 부분이란 것입니다. 그럼 전체는 무엇일까요? 접힌 부분입니다. 이러한 상황에서 신성서학적 규명으로. 본 책에서 주장한 영적 창조설에 의하면 대상 물질은 물리적으로는 존재하지 않는다는 점을 들 수 있을 것입니다. 그 점을 인식하여 접힌 부분을 규명한다면 접힌 전체는 모두 영혼의 영력이라고 할 수 있습니다. 그럼 열린 부분 즉 3차원 세계는 영혼이 만든 이미지로 생각할 수 있습니다.

여기서 이미지는 생각이 만든 환상으로 해석하면 될 것입니다. 홀로그램의 우주론적 관점은 우주는 3차원 같아 보이지만 사실은 2차원이란 주장입니다. 성서적 관점과 홀로그램적 관점의 공통점은 우주는 오직 3차원 같아 보이지만 사실은 그렇지 않다고 하는 견해입니다. 또 3차원으로 보이는 것은 사실이 아니고, 그 사실이 아닌 것을 사실처럼 보이게 한 요인은 다른 곳에 있다는 점을 들 수 있겠습니다.

앞부분까지 성서적 관점으로 논한 우주론은 하나님이 가지고 있는 생각을 말씀으로 옮겨 그 말씀대로 펼쳐서 보인 이미지라는 것으로 정리할 수 있을 것입니다. 이 대목에서 중요한 것은 그 이미지가 무엇을 통하여 가시화(可視化)되는가? 일 것입니다. 또 가시화된 그 이미지를 누가 수용하는가 하는 것입니다.

생각해보면 사실은 사이버 세계의 모든 것들도 이미

지로 나타납니다. 그 이미지를 만들어 보내는 자는 프로그래머입니다. 그 이미지는 컴퓨터 화면에 나타나죠. 그리고 그 화면을 보는 자는 사람입니다. 프로그래머가 보낸 메시지는 결국 컴퓨터 화면에 나타나고, 나타난 이미지는 사람의 눈이 감지하여 뇌로 전달됩니다.

홀로그램 우주론을 성서적으로 대입해보기 위해서 3차원 우주를 이미지라고 설정해봅시다. 홀로그램 우주론에서는 이 이미지를 열린 부분으로 표현했습니다. 그럼 홀로그램에서 말하는 접힌 부분은 무엇에 해당할까요? 프로그래머의 생각이라고 할 수 있고, 성서에서는 그 프로그래머가 하나님이라면 '스스로 있는 자의 생각'이라고 할 수 있을 것입니다. 그리고 3차원 우주를 보고 느끼는 자는 인간입니다. 인간은 의식할 수 있는 기능을 가졌습니다. 인간이 의식하는 기관은 오감이며 오감은 성서적으로 말하면 인간의 영혼의 부속기능이라고 할 수 있습니다.

그래서 우주는 실존하는 것이 아니라, '스스로 있는 자'와 '인간과의 상호작용'으로 나타난 교신이며 이미지란 것을 알 수 있습니다. 따라서 우주를 3차원으로 보는 것은 사람이고, 사람에게 우주가 3차원처럼 보이게 조화를 부리는 자는 '스스로 있는 자'인 것을 알 수 있습니다.

홀로그램적 우주를 성서적 관점으로 보면 성서에 기록된 내용은 하나님의 생각이었다는 것입니다. 그 생각은 무 차원이라고 할 수 있습니다. 그 무 차원이던 생각이 이미지를 만들었습니다. 그렇게 만들어진 이미지는 사람의 감각기능을 통하여 3차원 세계를 만들어 냅니다. 그 이미지를 3차원처럼 형상화 할 수 있는 기능은 사람이 가지고 있습니다.

'데이비드 봄'이 홀로그램 우주론을 발견한 것은 이런 과정을 자신의 과학적 비전으로 간파할 수 있었기 때문입니다. '데이비드 봄'은 다른 사람들이 보지 못한 부분을 본 것입니다. '데이비드 봄'이 우주에 대하여 빅뱅우주론 등 다각도로 비춰보았더니 우주는 실물이 아니란 정황을 포착한 것입니다.

정리하면 우리가 일상에서 보고 겪고 있는 이 세계는 홀로그램 우주론에서 말한 '펼쳐진 부분'이 될 것입니다. 이 펼친 부분은 곧 양자물리학에서 관찰자가 '그 부분을 관찰하고 있는 그 상태'로 설정할 수 있을 것입니다. 홀로그램의 펼쳐진 부분은 곧 양자물리학에서 관찰자가 보고 있을 때, 나타난 그 부분을 직시하고 있음을 알 수 있습니다.

이렇게 나타난 세계는 3차원 공간에 시간을 포함하여 4차원 세계입니다. 그러나 그것이 4차원처럼 보이지만 4차원처럼 보이게 한 역학은 접힌 부분의 역할에 의한다는 사실입니다. 접힌 부분을 성서적으로 밝히면 '스스로 있는 자'의 생각입니다. 따라서 우주는 '스스로 있는 자'와 '사람 간의 상호작용'으로 나타난 이미지라고 정의를 내릴 수가 있겠죠. 또 그 이미지는 '스스로 있는 자'가 기획한 프로그램이라고 할 수 있겠습니다.

그리고 사람이 그 프로그램을 수용할 수 있는 이유는 사람에게 영혼이란 영적인 도구가 있기 때문입니다. 결국, 사람의 영혼은 우주라는 이미지를 수용할 수 있는 기능이 있다고 볼 수 있습니다. 창세기에서 하나님은 자신의 형상으로 사람을 지었다고 한 것은 자신과 상호작용을 할 수 있는 영적 파트너를 창조한 것으로 볼 수 있습니다. 그러나 두 관계는 수평관계가 아니라, 수직관계로서 갑과 을의 관계로 설정할 수 있을 것입니다.

왜냐하면 사람은 하나님에 의하여 조종[control]받을 수 있도록 지어졌기 때문입니다. 그러나 사람들은 이런 사실을 인지하지 못합니다.

그러나 우주를 그렇게 보이는 대로 생각하지 않고, 깊이 있게 통찰한 사람이 '데이비드 봄'을 비롯한 홀로그램 우주론자들이라고 할 수 있습니다. 이것은 이들이 본 이례적인 우주관입니다. 홀로그램 우주의 이치를 발견한 것은 사람입니다.

이 사람들의 우주관은 그렇지 않은 다른 사람들과는 다릅니다. 이 사람들은 각자의 생각에 따라 각각 다른 우주에서 사는 것입니다. 홀로그램 우주론의 이치를 깨달은 사람들은 우주가 가상이라고 생각하면서 살아갈 것이고, 홀로그램 이치를 깨닫지 못한 사람들은 우주가 실재한다고 생각하며 살아갈 것입니다.

전자(前者)는 '우주는 영적이란 생각'으로 살아가는 사람들이고, 후자는 '우주가 물적이라고 생각하며' 살아가는 사람입니다. 그렇다면 신성서적 창조론에 의한 관점에서는 사람마다 우주를 어떻게 보며 살아가야 할까요?

성서의 신창조학을 깨달은 자들은 우주는 하나님의 생각이 실행된 이미지며 영적인 세계라고 생각하며 그에 따라 살아갈 것입니다. 한편 신창조학을 깨닫지 못한 자들은 우주를 물질로 보며, 유물론적(唯物論的) 삶을 살아갈 것입니다. 따라서 한 우주에 두 종류의 사상을 가진 사람들로 구성될 것입니다.

그렇다면 이 둘 중 무엇이 진리일까요? 둘 중의 하나는 진리일 것이고, 하나는 거짓일 것입니다. 이러한 현실 가운데에서 만약에 우주가 영적이라는 것이 진리로 드러났을 때, 거짓의 편에 살던 사람들의 결과는 어떻게 되겠습니까?

홀로그램을 주장한 학자도 사람이고, 영적 신창조론을 주장하는 학자도 사람입니다. 홀로그램을 믿지 않는 자도, 영적 신창조론을 믿지 않는 자도 사람입니다. 중요한 것은 양측이 모두 우주를 보는 관점을 가졌다는 사실이고, 양측이 모두 같은 사람이란 점입니다. 그런데 사람 누구에게나 영혼이 있다는 중요한 사실을 간과하지 않는다면 둘 중에 무엇이 진리일까를 추론할 수 있을 것입니다. 참고로 불교의 공(空)의 세계를 성서적으로 풀면 영적 세계란 단어로 대체 가능할 것입니다.

불교의 반야(般若)는 대승불교의 꽃이라고 할 수 있는 공(空)에 대한 이해를 강조하고 있습니다. 반야란 우리가 바라보며 몸을 스치며 사는 모든 것은 물질이 아니라, 허상이며, 따라서 세상사도 실사(實事)가 아니라, 허사(虛事)란 것입니다. 허사를 불교에서는 망상(妄想)이란 표현으로 대신합니다. 반야란 결국 공에 대하여 이해하는 것입니다. 이를 '깨달은 자'가 진짜 깨달은 자이고, 이를 '깨달은 자'를 부처라고 하기도 합니다.

이것을 기독교에 대입하면 세상과 만사가 영적으로 존재한다는 사실을 깨닫는 것이 기독교인들의 깨달음이라고 할 수 있을 것입니다. 성서에서는 깨달은 자를 '빛의 자녀'라는 것으로 표현됩니다(살전 5장). 이 깨달음은 성서를 이해하는 첩경이라고 할 수 있습니다. 결국, 구약, 신약, 그리고 초림과 재림의 핵심 목적은 세상과 만물이 이렇게 영적으로 창조 받은 것이니까, 이를 이해하여 영적인 바람 곧 구원과 천국과 영생을 취하라는 메시지입니다.

이럴 때, 세상만사가 '물질이란 이해' 속에서는 모

든 것(구원과 천국과 영생)은 불가능하며 우스운 이야기가 될 뿐일 것입니다. 신성서학적 해석은 '성서는 영적 창조의 역사'와 '영적 재창조의 비전'을 제시한 대장정의 예언서란 사실입니다. 그 이론의 기초 위에는 우리 인간의 본성에 관한 정보가 포함되어 있고, 그것은 곧 인간의 영혼에 관한 얽힌 사연들입니다.

우주에 대하여, 연구하고 관찰하는 자들은 모두 사람입니다. 사람은 누구나 영적 유전자를 가지고 있습니다. 따라서 우주 연구의 결과로 얻을 수 있는 최대의 결과는 인류 세계에 출현한 그 영적 역량(力量)에 의하여 한계지어진다고 할 수 있습니다. 세계의 모든 사람이 영적 유전자를 가진 영혼의 집합체라면 우리가 사는 이 우주도 영적 세계라고 말하는 것이 잘못된 생각일까요?

여기서 영적 세계라 함을 가벼이 이해해서는 곤란할 것입니다. 많은 사람이 이 세계가 영적인 세계라고 하면 비웃습니다. 하지만 우리 인간 모두가 영혼을 가졌다는 사실만으로도 우주와 만물과 세상은 영적인 세계입니다. 우리의 육체가 실존한다고 믿는다면 우리 육체를 움직이게 하며, 살아있게 하는 영혼을 믿을 수 없다면 모순일 테죠?

우리가 사는 세상은 지금까지 존재했던 인간의 수준만큼 이루어왔고, 작금의 모든 것들도 인간의 수준의 퇴적물입니다. 인간의 능력이 모이고 모여서 오늘을 만들었다는 것이죠. 이는 곧 인간의 능력이 더 높아진다면 인간 세상은 더욱더 발전하게 될 수 있다는 증거입니다.

인간 세상에는 다양한 것들이 존재하는데 그중에 인간의 영혼도 존재합니다. 그리고 영혼은 인간의 본성입니다. 오늘날까지 인간의 영혼에 관한 지식의 총합은 지금까지 우리들의 영적 수준이었습니다. 그것이 곧 우리 인간의 영적 역량이었습니다. 인간의 영혼의 역량이 더 높아진다면 인간의 영적 수준도 높아질 것입니다. 초림과 재림, 구약과 신약은 우리 인간들의 영혼과 절대적인 관계를 맺고 있습니다. 영혼에 얽힌 해결책이 곧 구원입니다.

그런데 우리는 아직 구원을 이루지 못하고 있으며, 구원에 대한 지식이 절대적으로 부족합니다. 우리의 수준이 이 정도입니다. 그렇다면 우리는 영혼에 관한 그리고 그 영혼에 얽힌 깊은 애사(哀事)인 구원에 관하여 알기 위하여 더욱더 많은, 노력이 필요할 것입니다. 성서에는 구원을 이룰 수 있는 역량을 가진 자의 출현을 예고하고 있습니다. 두 번의 강림인 초림과 재림입니다. 이제 남은 것은 재림입니다. 재림은 우리 영혼의 문제인 구원을 실제로 이루는 결론이 될 것입니다.

재림에 대한 우리의 수준을 높이기 위하여 우리는 재림에 대한 지식을 높여야 할 것입니다. 우리에게 영혼이 실존한다면 우리의 영혼의 모체도 실존한다는 증거입니다. 우리는 그 모체를 영이라고도 신이라고도 하나님이라고도 합니다. 우리 영혼은 모두 하나님의 영 속에서 싹튼 열매라서 신의 소생이었습니다. 우리는 그 바탕 속에서 출현하였습니다.

그런데 문제는 또 한 종류의 신이 더 존재한다는 심각한 사실입니다. 앞서 잠시 논한 뱀에 관련한 그것입니다. 여기서 다시 논할 수는 없을 것 같습니다. 다만 우리의 영혼은 뱀에 의하여 망령되었고, 재림의 그 날은 그 상태에서 해방되고 구원되는 날입니다.

홀로그램 우주론이 표방하는 바는 우리가 보고 느끼는 세상은 3차원이 아니라, 그것은 다른 2차원의 것에서 파생되고 전이된 것이라는 것입니다. 그러한 원리는 성서의 창조학 속에서도 찾아볼 수 있다는 사실이고, 이들을 찾아내므로 우리는 좀 더 영적 차원의 사람으로 변해갈 수 있을 것입니다.

우리는 홀로그램적 우주에서 살고 있다고 할 수 있습니다. 그러나 그 우주는 실상이 아니라, 허상이며, 무엇인가가 그렇게 환영(幻影)을 보게 한 것이란 것입니다. 성서는 그 환영을 보게 한 것이 하나님의 조화란 것입니다. 결국, 홀로그램 우주에서 3차원 세계는 실제가 아니란 지적을 성서로 대답하면 3차원 세계의 진짜는 하나님의 조화란 사실입니다. 성서로 해석되는 홀로그램의 3차원 세계는 말씀으로 세운 하나님의 영적 세계란 것입니다. 그리고 우리는 그 바탕에서 살고 있고 그 3차원의 세계는 하나님이 만든 이미지의 세계란 말로 표현 가능할 것입니다.

다음 순서는 앞에서 잠시 다룬 시뮬레이션 우주의 보충내용입니다. 바로 가상우주론에 대해서입니다.[32]

"우리는 오감을 통하여 세상을 받아들이고, 이 정보는 신경계를 통해 두뇌로 전달된다. 그리고 두뇌는 이 정보를 적절하게 해석하여 반응을 결정한다. 그런데

32) https://blog.naver.com/wjdtkd1227/220848327211.불교의 유식학과 유사

누군가가 우리의 뇌를 인공적으로 조작하여, 밥을 먹거나, 이렇게 인터넷을 할 때, 전달되는 신호와 완벽하게 똑 같은 신호를 뇌에 주입하면 그것을 어떻게 구별할 수 있을까? 당연히 구별할 수 없다. 더 나아가서 우리는 육체가 필요 없다. 뼈와 근육, 장기, 혈액 등등의 생체물질 따윈 없어도 상관없다."

이상과 같이 다소 황당한 주장이라고 할 수 있는 이런 학설들이 최근 들어 논문으로 발표되기도 했습니다. 그런데 이들이 주장하는 주 내용들을 통하여 본 책에서 나타내고자 하는 성서의 신창조론과의 관계를 연결해보면 의미 있는 분석들이 나온다는 사실을 발견하였습니다. 뒷장에서 논할 창조의 내력을 자세히 조명하게 되면 그것을 충분히 이해할 것으로 봅니다. 가상 우주론의 설명은 불교의 유식학(唯識學)과 서양철학의 인식론을 참고하면 도움이 되리라고 생각합니다.

일런 머스크는 "우리가 사는 세상은 어쩌면 실제 세계에 사는 것과 같은 인상을 주는 똑똑한 컴퓨터 시뮬레이션일 수 있다"고 말하였습니다. 그런데 머스크만이 그런 말을 한 것이 아니라고 합니다. 이런 생각을 이미 고대 그리스인들도 했다고 합니다. 현대인들은 컴퓨터 시뮬레이션이라고 하지만 그때는 '꿈'이라고 했답니다.

머스크의 표현을 '고대 그리스식으로 바꾸면 우리가 사는 세상은 실제 세계에 사는 것과 같은 인상을 주는 똑똑한 꿈일 수 있다'고 말입니다. "우리의 현실에 대한 자각은 이미 현실 자체와는 분리되어 있다"고 합니다. "영화 매트릭스의 모피어스를 다른 말로 바꾸어 표현한다면, 현실은 단순히 뇌로 번역되는 전기 자극뿐이다. 우리는 세상을 간접적이고 불완전하게 경험한다. 만약에 세상을 있는 그대로 볼 수 있다면 거기에는 착시도 없고 색맹도 없으며 심리 속임수도 없을 것이다"라고 합니다.[33]

현대 뇌 과학은 뇌[brain]를 읽는[reading] 단계까지 올라갔으며, 향후는 뇌를 쓸[writing] 수도 있는 시대를 전망합니다. 뇌 읽기는 뇌세포를 관찰하므로 뇌가 작동하는 원리를 파악하는 것이고, 뇌 쓰기는 뇌를 임의 자극하여 행동을 촉진 시키는 일을 의미합니다. 이는 인간의 생각이나 행동이 외부 작용이 아니라, 뇌 안에서 일어나는 뇌의 활동이란 사실을 나타내고 있습

---

33) http://canston.tistory.com/119

니다.

이는 앞으로 뇌를 쓰는 단계에 이르면 뇌의 임의 자극을 통하여 모든 사고와 감정과 행동을 촉진 시킬 수 있게 된다는 말입니다. 쉽게 말하면 이때가 되면 실험자에게 눈을 감기고서 해당 뇌세포를 자극하는 것만으로도 눈을 뜬 상태에서 할 수 있고 볼 수 있는 모든 것을 눈을 감은 상태에서도 똑같이 경험할 수 있게 할 수 있다는 뜻입니다. 우리가 흔히 꾸는 꿈 안에서 이러한 현상을 발견할 수 있을 것입니다. 우리는 이러한 일들은 어떻게 해석할 수 있을까요?

예를 든다면 어떤 사람이 눈을 뜬 상태에서 한 그루의 사과나무를 본다고 가정을 해봅시다. 이때 뇌가 어떻게 반응을 하는가를 읽습니다. 이제는 그 사람의 눈을 감게 합니다. 그리고 조금 전에 뇌를 읽은 그대로 뇌세포에 자극을 가하면 눈을 감은 상태에서 앞에서 본 똑같은 사과나무를 볼 수 있다는 것입니다. 그런데 이런 일이 정적인 것에만 한정되는 것이 아니라, 동적인 것에도 가능하다는 것입니다.

즉 뇌를 자극함으로 말미암아 자극된 뇌에 의하여, 달리기하는 것처럼, 밥을 먹는 것처럼, 등산하는 것처럼 착각할 수도 있게 할 수 있다는 것입니다. 그래서 앞에서 이것을 꿈을 꾸는 것과 비교시킨 것입니다. 우리는 꿈이 깨기 전까지 꿈속의 일을 생각해보면 현실과 한 치도 다름이 없음을 경험할 수 있습니다. 이 결과를 통하여 결론을 내릴 수 있는 것이 우리가 사는 세상이 가상세계란 것입니다. 모든 것은 뇌의 활동으로 이루어지는 이미지란 것입니다.

여기서 다시 한번 꿈에 대해서 살펴봅니다. 우리가 사는 세상이 직접적이고 물리적인 것인가? 아니면 간접적이고 영적인가? 를 경험해볼 방법입니다. 즉 우리가 지금 살고 있으며 보고 있고 경험하고 있는 모든 것들을 꿈이라고 가정해보는 것입니다. 그리고 다시 꿈을 생각해봅니다. 우리가 현실에서 보고 겪고 경험하는 모든 것들은 오감으로 감지합니다. 오감을 담당하는 기관은 뇌입니다. 꿈도 뇌의 작용입니다. 현실도 뇌의 작용입니다. 이 둘 모두 뇌의 작용으로 이루어진 것을 알 수 있습니다.

따라서 우리가 사는 세상은 영적인 세상이라고 할 수 있습니다. 이것을 과학에서는 가상세계라고 표현한 것이죠. 이 발견은 우리 인생의 좌표를 다시 설정해야 하는 이유가 됩니다. 우리가 사는 세상이 영적인 것이라면 우리는 인간사의 모든 문제는 영적인 것에서 찾아야 답을 얻을 수 있을 것입니다. 세상의 영적 지침서는 성서입니다. 그러나 오늘날까지 성서를 해석한 것은 물리적 인간적 문자적 방법이었습니다. 그래서 신성서학이 필요하다는 것입니다.

6. 인간의 창조 내력

이번에는 성서를 근간으로 하는 인간 창조에 대하여 함께 나누고자 합니다. 성서를 꼼꼼히 분석하여 보면 그 안에는 창조에 대한 진실이 오롯이 녹아있음을 발견할 수 있습니다. 이 내용이 펼쳐지므로 앞 장에서 논한 과학에서 말하는 각종 우주론에 기본적인 소스를 제공하게 될 것입니다.

성서상, 창조 이전 상태에는 공(空)의 상태였습니다. 이때 공이란 '아무 것도 없는 상태'로 오인해서는 곤란합니다. 물론 물질로나 형상으로는 없는 것이 맞지만, 그래도 창조 이전 단계에서도 존재한 것이 분명 있었다는 것입니다. 성서상 존재한 것은 오직 '스스로 있는 자' 뿐이었습니다. 스스로 있는 자는 신이었습니다. 신은 물질이 아니며, 형체도 없습니다. 이렇게 존재한 상태를 공이라고 표현할 수 있을 것입니다.

우리가 우주의 본질을 알려고 할 때, 이 공의 개념을 확실히 이해하고 적용하여 생각할 필요가 있습니다. 우주 창조 후를 알기 위해서 분명히 필요한 것은 우주 창조 이전의 상황입니다. 우주 창조 이전 상황에 존재했던 것이 무엇이냐를 아는 것만큼 우주 후에 상황을 아는 데 도움을 주는 것은 없을 것입니다.

성서에는 우주 창조 전에 있던 것은 오직 '스스로 있는 자' 뿐입니다. 그렇다면 이것 하나로 성서에서 말하는바, 우주는 '스스로 있는 자'에 의하여 세워진 것이란 결론에 다다를 수가 있습니다. 여기서 '스스로 있는 자'에 대한 정보를 더 알므로 우주가 무엇으로 어떻게 창조되었나 하는 것에 더 가까이 접근할 수 있을 것 같습니다. 앞에서도 둘러봤지만 '스스로 있는 자'는 창조주이며, 영이며, 신이었습니다.

앞으로 펼쳐질 우주는 이 정보에 의하여 해석되어야 합니다. 처음 있던 것이 그것 뿐이었기 때문입니다. 이

상태가 묘유(妙有)요, 묘공(妙空) 이라고 할 수 있습니다. 육안으로는 없지만, 영적인 눈으로 존재하는 것, 그것이 묘유고 묘공(妙空) 이라고 할 수 있습니다. 자 이제 창조주께서 이런 상태에서 만물을 어떻게 창조하는가를 보겠습니다. 먼저 만물의 영장이라고 일컫는 사람이 어떻게 창조되는가를 조명해보겠습니다.

창세기 2:7 "여호와 하나님이 흙으로 사람을 지으시고 생기를 그 코에 불어 넣으시니 사람이 생령(生靈)이 된지라."

본 내용은 성서에서 가장 중요한 내용 가운데 하나인 인간의 창조에 대한 내력을 담은 알맹이입니다. 첫 사람은 과연 어떻게 태어났을까요? 창세기의 기록처럼 흙을 재료로 사람의 형상을 만들고 그 코에 생기를 불어넣어 첫 사람이 탄생하게 된 것일까요?

그럼 그 흙은 어디서 왔으며 운송수단은 무엇이었을까요? 지금도 아이들은 탄생하지만, 어머니 자궁 안에 흙이 없으니 흙에서 사람이 태어나지는 않죠! 그리고 '스스로 있는 자' 는 신인데 신이 어떻게 물질인 흙을 만들고, 운반할 수 있을까요? 그렇다면 앞에서 논리로 전개한 '스스로 있는 자'가 창조한 우주가 영적 창조란 주장이 거짓이 될 것입니다. 이에 대한 오해를 쌓지 않기 위하여 다시 앞에서 다룬 성서를 이해하는 대원칙을 다시 한번 상기할 필요가 있을 것 같습니다.

마태복음 13:34-35 "예수께서 이 모든 것을 무리에게 비유로 말씀하시고 비유가 아니면 아무것도 말씀하지 아니하셨으니 이는 선지자로 말씀하신바 내가 입을 열어 비유로 말하고 창세부터 감추인 것들을 드러내리라 함을 이루려 하심이니라."

이 말씀을 통하여 각인해야 하는 하나는 성서에는 창세부터 감춘 것들이 있다는 것입니다. 그리고 감춘 방법이 비유라는 수사법을 사용하였다는 부분입니다. 이것은 성서를 읽을 때, 주의해야 할 가장 중요한 태도입니다. 말씀을 읽고 해석할 때, 이 부분을 주의하여야 하는 것이 성서 이해의 대원칙이란 사실을 놓치지 말았으면 좋겠습니다.

이 대원칙을 기준으로 위 인용문에 접근해보겠습니다.

여호와 하나님이 흙으로 사람을 지었다고 할 때, 비밀[비유]은 흙이란 말에 적용되었습니다. 창세기를 통하여 볼 때, 창조 이전에는 '스스로 있는 자' 외에는 존재한 것이 아무것도 없었음이 분명합니다. 요한복음 1장을 통해서도 만물은 말씀으로 창조하였음을 분명히 하고 있습니다.

그런 이치에 따라 흙이란 물리적 흙이 아니란 것을 깨달을 수 있습니다. 그러나 성서를 읽는 대상이 사람이란 것을 유추해서, 사람이 깨달을 수 있게 사람이 이해할 수 있는 도구를 예로 들어 비유하게 되었던 것입니다. 그러나 비유를 할 때, 무작정하는 것은 아닙니다. 그 비유를 통하여 전달하고자 하는 특성이 그 비유 속에 스며있어야 합니다.

흙의 특성은 그 안에 '생명이 없다' 라는 것입니다. 따라서 하나님이 흙으로 사람을 만들었다는 비유는 '생명 없음' 을 암시하고자 하는 하나님의 의지가 담겨져 있었던 것입니다. 이런 의미를 파악한 후에 성서의 바른 해석이 나옵니다. 하나님이 흙으로 사람을 지었다는 의미는 생명이 없는 것을 가지고 그곳에 생명을 주입 시켰다는 의미입니다. 그 생명을 만든 도구를 생기(生氣)라고 합니다. 생기는 '살아있는 기운' 이란 뜻입니다. 기운은 형체도 없으며 물질도 아니지 않습니까?

이때가 인간 창조 시대였습니다. 창조 이전에 있던 것은 오직 '스스로 있는 자' 뿐이었습니다. 그는 신이었고, 생명이었습니다. 그 생명은 곧 말씀이었습니다. 그 말씀이 곧 생기란 것을 알 수 있습니다. 그래서 하나님은 '빛이 있어라' 주문하였습니다. 요한복음 1장에서 그 빛은 사람이라고 하죠? 그 빛은 사람의 생명이며 그 생명의 실체는 영혼입니다. 드디어 생기로 사람의 영혼이 만들어졌습니다. 그 영혼이 생령(生靈)이었습니다. 생령(生靈)은 산 영이란 의미입니다. 이것이 곧 사람입니다.

결론은 창세기에서 흙으로 사람을 지었다는 것은 비유적 수사법으로 생명이 없는 것에 말씀을 주어 생명 있는 '생 영혼'을 창조하였다는 암시였음이 밝혀집니다. 이 순간 생각해볼 것이 있습니다. 모든 생명체가 첫 것이 있어 오늘날 이렇게 종족이 번성하여 있다고 할 때, 그 처음 탄생과정이 상상하기 어렵습니다. 엄마 소가 있어서 송아지가 탄생하는 것은 우리가 이미 경험했던 일이므로 상상할 수 있습니다. 그러나 엄마소가 없이도 송아지가 태어난다는 경험은 사람들이 아직 가지고 있지 않습니다. 그래서 엄마소가 없던 최초에 소가 '어떻게 태어났을까' 라고 하는 의문은 매우 궁금한 것이 사실입니다.

첫 사람이 탄생 되는 과정 또한 의혹[mystery]입니다. 우리 인간의 상식으로 없던 것에서 유가 창조된다는 사실은 참으로 믿기 어렵습니다. 다시 발상의 전환을 꾀하면 우리 인간의 실체를 조용히 음미해보므로 그 가능성이 열립니다. 우리 인간의 실체는 이목구비와 몸입니다. 그리고 그 안에는 마음이란 것이 있습니다.

그 마음은 형체가 없습니다. 그러나 그 마음에서 생각을 만들어냅니다. 그 생각은 우리 육중한 몸을 움직이게 하기도 합니다. 그리고 다양한 인간 활동을 합니다. 인간 활동 속에서 우리는 너무나 복잡한 일들을, 많이 경험합니다. 그 모든 것을 생각해보면 불가사의하고, 미스테리[mystery] 합니다. 그런데 그 모든 것의 바탕에는 마음이란 것이 있어서 가능한 것입니다.

그러나 그 마음은 볼 수가 없습니다. 그러나 그 마음에서 생각을 만들어내니 그 생각을 우리가 확인할 수는 있습니다. 그 생각을 확인하므로 우리 마음이 존재함을 알 수 있습니다. 그 마음은 모든 것을 생각할 수 있는 능력이 있습니다. 그 마음을 인간 누구나 소유하고 있습니다. 그런데 몸은 어디서 났으며 어떻게 생기게 되었을까요? 몸이 있기 전에 있던 것은 오직 '스스로 있는 자' 한 신뿐이었습니다.

여기서 발상의 전환방법은 우리가 경험하는 상식을 거꾸로 생각해 보는 것입니다. 즉 역지사지로 몸이 있어 생각하는 것이 아니라, 생각이 있어서 몸이 있다는 것으로 말입니다. 그렇게 발상의 전환을 꾀하므로 불가능한 것이 가능해집니다. 창세기에서 하나님이 흙으로 사람을 지었다는 것은 우리를 혼동하게 합니다. 그런데 창세기의 상황을 다시 생각해봐도 창조 이전에 있던 것은 오직 '스스로 있는 자'뿐이었습니다. 그리고 다른 과정은 무시하고 하나님 형상으로 만든 결과물이 무엇인가를 생각해보십시오. 그러면 혼동이 없어집니다. 하나님의 형상은 성령이고, 그 성령의 생기로 생령을 만들어 그를 사람이라고 칭하였던 것입니다.

성령이 생령을 지었는데 그 생령(生靈)은 곧 산 영이란 의미입니다. '스스로 있는 자'는 영이고, 그 영이 다시 아들 영을 만들었다는 것은 논리상 문제가 없죠? 그렇게 만들어진 것은 사람이라면 우리 사람에게 영혼이 있다는 것으로 그 근거를 찾을 수 있습니다. 그렇습니다. 창세기의 인간 창조는 곧 영으로 분신인 영을 창조한 것입니다.

우리 인간에게는 마음도 있고, 몸도 있는 것처럼 느낍니다. 그런데 처음 부모도 없이 사람이 덩그러니 똥딴지처럼 태어났다는 것에 대하여 좀처럼 믿기지 않습니다. 그러나 마음에서 생긴 생각으로 몸이 존재한다고 하면 그것은 논리적으로도 무리가 없습니다. 마음이 곧 영이고, 신이기 때문입니다. 그리고 마음과 신과 영의 속성은 생각하고 상상하는 일입니다. 따라서 우주와 물질과 우리의 육체는 마음이 만들어낸 이미지이며 허상입니다.

그런데 오늘날에 와서 철학도 과학도 불교도 이구동성으로 그렇게 주장합니다. 노장사상의 무철학(無哲學), 과학의 양자물리학, 불교의 공사상 등이 그렇습니다. 그래서 신성서학의 창조원리로 조명하여도 그것은 충분한 가능성을 가집니다. 하나님은 영이십니다. 영은 곧 마음의 다른 명칭입니다. 마음은 형체가 없습니다. 마음은 형체가 없으나 생각을 만들 수 있고, 영혼도 형체는 없으나 생각을 만들 수 있습니다. 하나님의 영이 사람의 영혼이 되었고, 영혼의 이명(異名: 또 다른 이름)이 마음입니다.

하나님이 만든 인간은 몸이 아니라, 마음이었습니다. 마음의 기능은 생각할 수 있는 것입니다. 그 증거로 우리가 눈을 감거나 꿈을 꿀 때도 우리 몸을 그릴 수 있고, 우주 만물을 다 보고 느낄 수 있는 경험을 가질 수 있습니다. 보고 느끼는 그것은 온전히 눈이나 몸의 기능이 아닙니다. 오직 마음의 기능입니다. 마음이 몸을 만든다는 말은 일리가 있습니다. 만물의 원리가 마음에서 찾아집니다. 우리가 사는 세상에 우주도 만물도 공간도 시간이 없어도 달라지는 것은 없습니다.

그러나 마음이 없으면 우주도 만물도 공간도 시간도 느끼지 못합니다. 모든 것은 마음의 활동으로 이루어지기 때문입니다. 하나님이 자신의 형상으로 영혼을 만들었습니다. 이것이 창조의 모든 것이라고 하더라도 아무 문제가 없습니다. 다만 그 마음에 기능을 더 첨가하면 됩니다. 마음을 업그레이드[upgrade]하면 오늘날 우리가 사는 모든 것은 재현될 수 있고, 체현(體現)됩니다. 마음을 더 업그레이드시키면 천국도 됩니다. 마음의 본향이 천국이기 때문입니다.

이런 추론은 우리의 생명과 우주관을 완전히 바꾸는 것이며 우리 삶의 방법과 목표를 다시 설정해야 할 혁명적 사고입니다. 이런 논리를 사실화시켜 진리로 확정시키는 순간, 우리는 무한한 가능성의 현실 앞에 서게 될 것입니다. 그리고 성서의 위상을 찾게 될 것입니다. 성서에는 보물 같은 인간 창조의 비밀이 오롯이 담겨있기 때문입니다.

성서에서 인간 창조방법은 간단, 명료합니다. 그것은 '하나님이 자기 형상 곧 하나님의 형상대로 사람을 창조하시되 남자와 여자를 창조하시고'와 '여호와 하나님이 흙으로 사람을 지으시고 생기를 그 코에 불어넣으시니 사람이 생령(生靈)이 된지라' 라는 단 두 줄의 문장입니다. 이 두 줄의 문장 안에 우주와 만물창조의 비밀을 모두 다 담아두었습니다. 그 창조의 결과물은 인간의 영혼이었고, 영혼은 곧 마음입니다.

어떤 면에서는 이 창조로 이미 우주 창조도 끝난 것입니다. 우주는 그 영혼의 기능, 마음의 기능으로 나타난 이미지이기 때문입니다. 그 기능 중에 오묘하고 기묘한 하나는 우주가 마음에서 만들어지지만, 마음이 그 사실을 느끼지는 못한다는 이상함입니다. 그래서 고귀하고 위대한 것은 사람인 것입니다. 더 구체적으로 고귀하고 존엄한 것은 인간의 마음입니다.

그래서 인간의 제 문제들과 불행한 모든 일도 마음의 문제라는 것을 알 수 있습니다. 그래서 제 문제들과 불행을 행복으로 바꾸는 일도 마음에 달려있다는 엄청난 깨달음을 여기서 가질 수 있습니다. 그런데 문제는 그 마음이 영혼이라는 것이고, 그 영혼은 '스스로 있는 자'로부터 왔다는 사실입니다. 이것은 모든 열쇠는 '스스로 있는 자'가 쥐고 있다는 것을 의미합니다.

그 '스스로 있는 자'에 대한 자료는 성서에 오롯이 숨어있습니다. 그래서 인간의 제 문제해결과 인류의 불행의 문제의 해결점은 성서에 있으며 그 답은 신성서학을 통하여 얻을 수 있다는 가능성을 엿볼 수 있는 것입니다. 이런 측면에서 우주에 인간이 사는 것이 아니라, 인간의 마음에 우주가 살고 있다는 이상한 표현이 가능하게 됩니다.

이렇게 역발상을 통하여 인류의 최대 의심이요, 무지인 우주와 인간에 대해서 그 답을 추론해볼 수 있었습니다. 물질, 공간, 시간은 사람의 생각 안에 존재합니다. 그래서 모든 문제도 그 생각 안에 있습니다. 이

때문에 그 문제의 해결도 생각으로 해결될 수 있음을 알 수 있습니다. 인간 창조의 문제도 그 생각 안에 답이 있었던 것입니다.

인류사회에 인간의 등장은 생각으로 가능했고, 그 생각의 근원은 마음에서 찾을 수 있습니다. 그 마음의 이명은 영혼이고, 그 영혼은 '스스로 있는 자'로 말미암았습니다. 이것으로 인간 창조에 대한 의문이 어느 정도 풀릴 것 같지 않습니까? 이 책에서 계속 다루어 온 것이 마음이고, 영혼이고, 신입니다. 모든 인간 활동과 존재가 신의 작용으로 만들어진 이미지라고 생각하면 문제가 풀릴 기미를 찾을 수 있을 것입니다.

이 대목에서 하나님이 사람을 창조하신 과정을 다른 측면으로 엿볼 수 있었으면 좋겠습니다.

시편 139:13-16 "주께서 내 장부를 지으시며 나의 모태에서 나를 조직하셨나이다 내가 주께 감사하옴은 나를 지으심이 신묘막측(神妙莫測)하심이라 주의 행사가 기이함을 내 영혼이 잘 아나이다 내가 은밀한데서 지음을 받고 땅의 깊은 곳에서 기이하게 지음을 받은 때에 나의 형체가 주의 앞에 숨기우지 못하였나이다 내 형질이 이루기 전에 주의 눈이 보셨으며 나를 위하여 정한 날이 하나도 되기 전에 주의 책에 다 기록이 되었나이다."

위 인용문을 통하여 알 수 있는 사실은 주께서 모태에서 사람을 짓게 했다는 내용입니다. 그리고 사람을 지은 방법이 신묘막측(神妙莫測)하다고 하십니다. 신묘란 묘한 신의 능력을 의미하며, '막측'은 '측량이 불가능하다'는 뜻이 아닙니까? 또 내 형질이 이루기 전에 주의 눈이 보셨다는 사실을 통하여 하나님이 사람을 창조한 비밀을 엿볼 수 있습니다.

사람의 형질이 이루기 전에 주의 눈은 이미 사람을 보셨다는 내용을 어떻게 해석해야 하는가 하는 것입니다. 이는 주께서 사람의 형체를 만들기 이전에 이미 형체가 있었다는 것입니다. 이 말씀의 뜻은 무엇일까요? 사람이 창조되기 이전에 '스스로 있는 자'의 정신 활동으로 이미 사람의 형체는 형상화되어 있었다는 의미로 보이지 않습니까? 이는 주께서 사람을 창조하신 큰 비밀의 일부가 노출된 것이라고 볼 수 있습니다. 이런 해석이 신신학적 견해입니다.

우리는 사실 하나님께서 창조하신 영적인 우주 안에서 살고 있으면서도 그 사실을 느끼지 못하고 살아가고 있습니다. 우리의 오감은 시시때때로 우주와 사람을 물질화(物質化)시키는 작용을 하고 있습니다. 그러나 본 주제에서도 우주 창조 전에 계시던 '스스로 있는 자'의 신분은 신이었습니다. 그런데 신은 물질과는 매우 괴리가 있는 존재입니다. 오히려 신과 물질과는 서로, 상반된 존재입니다.

주께서 형질이 이루기 전에 이미 주의 눈이 보셨다는 것은 주께서 사람을 창조한 방법의 공개입니다. 주는 신입니다. 신은 신의 방법으로 사람을 창조하신 것입니다. 신의 방법은 신의 능력이기도 합니다. 그 신의 능력을 간접적으로 경험할 방법이 있습니다.

그것은 다름이 아니라, 사람의 마음의 능력입니다. 사람의 마음은 곧 영혼이며, 정신입니다. 마음의 능력이 곧 신의 능력이란 것입니다. 그러나 마음을 가진 사람의 지능도 개체에 따라 큰 차이가 있듯이 사람의 마음의 능력과 주의 능력과는 하늘과 땅 차이가 있겠지요. 그러나 기능 면에서 마음의 능력으로 주의 능력을 유추할 수는 있을 것입니다.

우리가 가진 마음의 기능은 어떤 것이 있을까요? 그 기능을 다 열거하려면 지면이 부족할 것입니다. 그중에 마음의 기능 중 하나가 상상력이라고 할 수 있을 것입니다. 신의 능력과 기능을 간접 체험할 수 있는 예로서는 인간의 마음이 할 수 있는 상상력 하나로도 충분할 것입니다.

우리의 마음의 상상력으로 할 수 없는 것은 없습니다. 우주를 만들 수도 있고, 파괴할 수도 있습니다. 창공을 날 수도 있고, 하늘과 땅을 거꾸로 도치시킬 수도 있을 것입니다. 그렇습니다. 주께서 사람을 창조한 방법은 물질이 아니라, 생각으로 만드신 것입니다. 주께서 물질로 사람을 만들지 않고 말로 마음을 만들어 주신 것입니다. 그런데 우리에게는 육체가 물질로 생각되는 것은 육체가 물질이라서가 아니라, 우리 마음이 물질로 형상화 시킬 수 있는 기능을 소유하였기 때문이라고 할 수 있습니다. 이는 우리를 영적 사람으로 만드신 능력에 기인한 것입니다. 그것을 흔히 본능이라고 하죠? 처음으로 태어나는 사람이나 송아지가 엄마젖을 빠는 것처럼 말입니다.

그 다음은 "나를 위하여 정한 날이 하나도 되기 전에 주의 책에 다 기록이 되었나이다"라는 부분을 통하여 이 사실을 더욱더 확증시켜줍니다. 주께서 사람과 만물들을 창조한 방법은 주의 마음에서 나온 생각이었습니다. 그 생각을 성령에 감동한 사람의 마음에 담아 기록된 것이 성서입니다.

이렇게 첫 사람의 창조를 비롯한 성서 전체는 영적인 것에서 시작하여 영적인 것으로 끝나게 됩니다. 인간 재창조[성령으로 거듭나게 하는 일]를 위한 재림이란 본 논제에서 이 사실을 다시 한번 정리한 후에 들어간다면 성서를 좀 더 이해할 수 있는 이해의 공간이 넓어질 것으로 봅니다.

오늘날 첨단 과학이 이렇게 발전하였다지만 인간을 만들 수가 있을까요? 현대과학은 불가능하다고 대답합니다. 현대과학은 사람뿐 아니라, 초라한 풀 한 포기조차 창조하지 못하고 있습니다. 그렇다면 그 옛날, 옛적 어떤 기술이 있어 사람과 만물들이 창조되었을까요?

사람이 하늘에서 툭 떨어져 생긴 것이 아니라면 분명히 최초로 사람이 탄생 되었던 때가 있었을 것입니다. 그때 어떤 존재가 있어서 그 광경을 봤다면 어떠했을까요? 우리는 그 상황을 상상할 수도 이해할 수도 없습니다. 그러나 사람은 이렇게 버젓이 존재하고 있습니다. 이 의문을 앞에서 풀어보았습니다. 그리고 다음 장에서 성서의 기록에 의한 만물 창조과정을 신성 서학의 관점에서 보게 될 것입니다.

다음 장을 통하여 인류와 우주는 영적인 세상이란 사실을 더욱더 확증하게 될 것으로 확신합니다. 여하튼 성서에는 사람을 "하나님이 자기의 형상대로 사람을 창조하였다"라고 합니다. 그렇다면 사람의 모습이 하나님의 형상이어야 합니다. 그러나 물리적으로는 하나님의 형상은 없습니다. 그래서 형상이라고 한 것은 '신의 형상' 또는 '성령의 형상' 으로 창조하였다고 이해할 수 있습니다. 하나님은 물리적인 형상이 없는 신이기 때문입니다. 이 말이 진리라면 증거가 있어야 할 것입니다. 증거는 하나님의 형상으로 창조된 사람에게서 신의 형상을 찾아 증거물로 제시하면 되지 않을까요? 사람에게 신의 형상이 어디 있을까요?

사람에게는 마음이란 내적 존재가 있습니다. 그 마음은 형체도 없고, 물질이 아닙니다. 그 마음은 생각하는 역할을 담당합니다. 생각 중에는 상상도 있고, 환상도 있습니다. 이 생각은 물질이 아니지만, 생각으로 물질을 볼 수도 있고 만질 수도 있습니다. 그 마음을 영혼이라고도 합니다. 또 정신(精神)이라고도 합니다.

이것으로 사람에게 신이 있다는 증거는 우리에게 정신이 있다는 것으로 증명할 수 있습니다. 이에 따르면 사람의 마음이 곧 영이고, 신이란 사실을 깨달을 수 있습니다. 성서에서 하나님은 신이라고 하였습니다. 그렇다면 신의 형상으로 난 인간도 당연히 신이어야 하는 것이 아닐까요?

여기서 다시 짚고 넘어가야 할 것이 있습니다. 창조 이전의 상태에서 변화가 온 것을 짚어봄으로 창조 후에 어떻게 창조되었는가를 확인할 수 있습니다. 그래야만 성서에서 창조의 의미가 어떤 것인가를 깨달아 갈 수가 있습니다. 앞장에서 창조 이전에는 아무것도 없었고, 오직 '스스로 있는 자'만 있었습니다. 이때는 물질도 공간도 시간도 없었습니다.

그런데 이제 변화가 일어났습니다. 사람이 창조된 것입니다. 이제 '스스로 있는 자' 밖에 없던 것에서 첫 사람과 그의 후손들이 생겨났습니다. 그런데 생겨난 사람이 물질이 아니라, 신의 형상이라고 못 박고 있지 않습니까? 그렇다면 이제 변화된 상황은 스스로 있는 자만 있던 상황에서 창조된 신[사람]들이 더해진 것을 알 수 있습니다. 사람 역시 하나님의 형상이므로 신의 형상이라고 할 수 있겠죠? 성서의 이 말에 근거하면 창조 이전과 달라진 것은 '스스로 있는 자' 외에 신들이 더 생겼다는 사실뿐일 것입니다.

이곳을 인간 세계라고 칭해봅시다. 인간의 세계에는 이제 하나님과 사람들의 세계가 생겨났습니다. 그래도 아직 창조 이전의 상황에서 물질이 유입된 적은 없었습니다. 이때까지도 여전히 하나님과 신의 형상인 사람들만이 있었다는 사실을 기억할 필요가 있을 것입니다.

7. 천지 창조 내력

오직 '스스로 있는 자'가 있던 곳에서 이제 더해진 것은 공간도 물질도 시간도 아닌 사람들이 생겨났습니다. 성서에서는 인간보다 먼저 천지를 창조한 것으로 나와 있으나 이렇게 인간의 창조부터 논리를 펴는 이유가 있습니다. 앞에서 거론했지만, 우리가 사는 우주가 사실은 우리 인간의 마음속에 투영된 영적인 세계란 사실을 증명하고자 하는 목적이 있기 때문입니다. 즉 자연이 별도로 실존하는 것이 아니라, 자연은 사람의 마음 안에 있습니다. 그러므로 천지보다 사람의 창조를 우선 설명한 것입니다.

자 그럼 스스로 계신 자가 어떻게 천지를 창조하시는가? 자세히 보기로 하겠습니다.

요한복음 1:1-4 "태초에 말씀이 계시니라 이 말씀이 하나님과 함께 계셨으니 이 말씀은 곧 하나님이시니라 그가 태초에 하나님과 함께 계셨고 만물이 그로 말미암아 지은 바 되었으니 지은 것이 하나도 그가 없이는 된 것이 없느니라 그 안에 생명이 있었으니 이 생명은 사람들의 빛이라."

여기서 태초에 말씀이, 계셨고, 그 말씀은 하나님이라고 합니다. 하나님은 앞에서 줄곧 소개한 '스스로 있는 자' 죠? 여기서도 태초에 있던 것은 오직 하나님한 분뿐이라고 하는군요. 하나님은 창조주며 신입니다. 태초에 있던 것은 한 분의 신입니다. 그렇다면 이후로 생긴 것은 모두 하나님 한 신에 의한 것임을 확신할 수 있습니다. 창조 이후에 생긴 모든 것의 유래는 이 한 분의 신에 기인한 것임을 결코 잊어서는 안 될 것입니다.

그리고 만물은 이 신으로 말미암아 지어졌다고 합니다. 그렇게 지어지지 않는 것은 하나도 없다고 하죠? 그렇다면 만물에는 신과 관련이 없는 것은 하나도 없다고 봐야 할 것이 아닐까요? 이런 점에서 볼 때, 우주와 만물은 신에 의하여 창조되었다는 것을 부인할 수는 없을 것입니다. 창조된 우주와 만물을 연구하는 과학자나 신학자가 이것을 간과해서는 결코 진리에 도달할 수 없을 것입니다.

이와 같은 것들을 앞장에서 언급한 것들과 연관을 지으면 한 신이 지은 만물을 둘로 나눌 수가 있습니다. 하나는 영혼을 가진 인간의 지음이고 이는 우주와 만물을 대상으로 인식하는 집단들이라고 할 수 있을 것입니다. 그리고 또 하나는 인간에 의하여 우주와 만물이라고 인식되는 대상물들이라고 할 수 있습니다. 인간 세상은 이렇게 인식하는 인간과 인식되는 자연으로 구별 지어짐을 알 수 있습니다.

요한복음 1장에서 말씀인 하나님이 만물을 지으신 세계를 이렇게 둘로 분리할 수 있다면 인간과 우주의 섭리를 이해하는 데 도움이 될 것입니다. 요한복음 1

장을 이렇게 재해석함으로 앞에서 거론한 각종 우주론과 양자물리학을 이해하는 데도 참고가 될 수 있을 것입니다. 관찰자와 피 관찰물(觀察物)들이 어떻게 상호작용하여 인간 세상을 이루고 있는가를 여실히 보여줄 수 있기 때문입니다. 관찰자와 피 관찰물(觀察物) 사이에 주가 되는 것은 관찰자입니다. 인간 세상에서 관찰자는 요한복음 1장에서 생명으로 표현합니다.

요한복음 1장에서는 말씀 안에 생명이 있다고 합니다. 생명은 신에 의하여 만들어진 것이라고 한 말씀이 요한복음 1장입니다. 그 신은 하나님이고, 하나님의 형상이고, 그 형상이 곧 사람의 영혼이고, 그 영혼이 곧 생명이란 말로 연결됨을 알 수 있습니다. 요한복음 1장에서 생명은 영혼을 가진 사람으로 설정되고, 만물은 사람의 영혼이 만들어내는 이미지입니다.

이제 이렇게 만물은 생겨났다고 하는데 그 만물이 어떤 재료로 어떻게 생겨나는지를 살펴보는 것도 창조의 내력을 제대로 확인하기 위하여, 필요할 것입니다. 이를 보면서 참작해야 할 사항은 앞에서도 언급한 것이지만, 이 창조가 물리적 창조가 아니라, 영적 창조란 사실입니다. 영적 창조의 실상은 앞으로 만들어지는 자연 창조가 어떤 공간에 만들어지는 물적 창조가 아니라, 인간의 영혼 속에서 만들어지는 영적 창조라는 것입니다.

창세기 1:1 "태초에 하나님이 천지를 창조 하시니라." 태초에 하나님이 천지를 창조하셨습니다. 여기서 먼저 생각해야 할 것이 누가 언제 무엇을 어떻게 창조하였는가? 라는 것입니다. 때는 만물을 창조할 때며, 창조한 분은 하나님입니다. 창조된 것은 천지입니다. 천지를 창조하신 방법은 창세기 1:3절에 기록한 '하나님이 가라사대 빛이 있으라' 라는 내용에서 찾을 수 있습니다. 요한복음 1장에서는 하나님이 만물을 말씀으로 지었다고 했습니다. 그리고 빛도 그렇습니다. 그 빛은 사람 안의 생명이라고 말씀하셨습니다. 그 빛은 외부에 있는 것이 아니라, 사람 안에 있다고 합니다.

그 말씀을 구체적으로 생각해보니 '스스로 있는 자'의 천지 창법이 그대로 녹아있음을 발견할 수 있습니다. 그것은 '하나님이 가라사대~~ 있으라' 로 나타납니다.

창조하신 분은 하나님입니다. 우리가 상품 하나를 보드라도 누가 그것을 만들었냐는 것은 중요합니다.

초급자가 만든 것, 중급자가 만든 것, 상급자가 만든 것이 다르고, 화가는 그림을 잘 그릴 것이고, 목수는 집을 잘 지을 것입니다. 각자는 자기의 전공과 자기의 기술대로 상품을 만들 것입니다. 그러면 하나님은 전공이 뭐며, 기술은 어떤 기술을 가졌을까요?

하나님은 창조주이며 신입니다. 그래서 하나님은 우주와 만물을 창조하신 것이고, 그 기술은 신기(神技)와 신비(神秘)입니다. '하나님이 가라사대~~ 있으라'가 바로 신기요, 신비입니다. 신기는 신의 기술로 천지를 만들었다는 것이고, 신비는 그것이 '신의 비밀'이었다는 것입니다. 하나님은 신입니다. 신은 물질이 아닙니다. 신은 인식능력이 있다고 앞에서 언급하였습니다.

하나님은 인식기능으로 우주창조와 만물창조를 기획했습니다. 그 기획들은 인식으로 남았고, 그것을 기록하게 한 것이 말씀입니다. 그 말씀들 중에 천지창조에 관한 말씀이 '하나님이 가라사대 천지가 있으라'는 것이었습니다. 이것이 신기이며, 신비입니다. 하나님은 전지전능하신 분입니다. 그래서 그를 창조력을 가진 분이라고 한 것입니다. 그의 기획은 곧 영혼을 가진 사람들에 의하여 이미지로 펼쳐집니다. 그러나 사람의 영혼은 그 사실을 깨닫지 못하고 그 모든 것들을 물질화합니다. 그러나 그것은 하나님의 창조방법이며 조화이면서 동시에 인간의 본능입니다. 창세기를 통하여 우리가 알 수 있는 분명한 사실은 천지와 빛과 만물은 하나님의 말씀으로 만들어졌다는 것입니다. 그 창조물 중, 주가 되는 것은 앞 장에서 논한 인간의 영혼창조입니다.

본 장에서 다루고 있는 천지와 만물은 그 인간의 영혼 속에 담길 천지와 만물과 공간과 시간의 창조입니다. 천지창조 이후, 이어진 창조가 빛의 창조였습니다. 이제 빛을 창조하게 되는데 무엇을 재료로 만들게 되는가를 다시 한 번 자세히 음미해 볼 필요가 있을 것입니다.

창세기 1:3 "하나님이 가라사대 빛이 있으라 하시매 빛이 있었고 그 빛이 하나님의 보시기에 좋았더라 하나님이 빛과 어두움을 나누사 빛을 낮이라 칭하시고 어두움을 밤이라 칭하시니라 저녁이 되며 아침이 되니 이는 첫째 날이니라."

첫째 날에 창조한 것은 빛과 어두움과 낮과 밤입니

다. 그런데 하나님이 이것들을 만든 재료와 방법이 무엇인가를 주목해야 한다고 했죠? 빛의 재료 역시 '가라사대'와 '있으라'입니다. '가라사대'는 말이고, 있으라는 주문(呪文)이라고 할 수 있겠죠? 이를 통하여 하나님이 천지를 창조한 재료는 말이고, 방법은 하나님의 주문이었습니다. 이 말을 한 분은 하나님이니 말은 곧 말씀이고, 말씀은 영이고 신입니다.

재료가 영이고 신이니 창조된 피조물들도 인간의 영혼 속에 투영될 영적 피조물들이란 사실이 밝혀집니다. 신으로 말미암아 만물이 지은 바 되었으니 만물은 신의 조화로 사용될 것입니다. 그렇게 만들어진 것이 만물이고 빛과 어두움과 밤과 낮입니다. 우리가 이런 사실들을 곰곰이 생각해봐야 합니다. 우리가 사는 지금 이곳에도 분명히 빛도 어두움도 있습니다. 그리고 낮과 밤도 있습니다. 그러나 그것이 어떻게 창조되었을까 심각하게 생각해본 일은 별로 없을 것입니다.

그만큼 우리의 마음이 굳어져 있다는 것이 아닐까요? 창조 이전에는 분명히 빛도 어두움도 낮도 밤도 없었습니다. 과학에서 말하는 빅뱅 이전에도 빛도 어두움도 낮도 밤도 없었다고 봐야 할 것입니다. 그때는 우주란 공간이 없었기 때문입니다. 그런데 빛과 어둠과 밤과 낮을 우리가 만든다고 가정해본다면 어떤 방법으로 만들 수 있을까요? 방법이 있을 리가 없겠죠?

또 아무리 하나님이라도 빛과 어두움과 밤과 낮을 물리적으로 만들었다고 한다면 어떻게 그런 일이 가능할까요? 그리고 하나님은 신이라 형체가 없는데 어떻게 물리적으로 그것들을 만들 수 있을까요? 그런데 하나님이 그것들을 만든 방법은 물리적이지 않다는 것을 창세기를 통해 여실히 나타내고 있습니다.

그렇다면 물리적으로 만들지 않은 우주를 물리적으로 접근하여 답을 구하려는 것은 모순이 아닐까요? 그 결과가 뻔한 일이며 얼마나 우매한 일인가요? 그것은 마치 꿈속이나 사이버 세계나 TV 화면 속에 있는 가상의 세계 속의 음식을 직접 먹으려고 손을 뻗치는 것과 같을 것입니다. 다음을 보겠습니다.

창세기 1:6-10 "하나님이 가라사대 물 가운데 궁창이 있어 물과 물로 나뉘게 하리라 하시고 하나님이 궁창을 만드사 궁창 아래의 물과 궁창 위의 물로 나뉘게 하시매 그대로 되니라 하나님이 궁창을 하늘이라 칭하시니라 저녁이 되며 아침이 되니 이는 둘째 날이니라 하나님이 가라사대 천하의 물이 한곳으로 모이고 뭍이 드러나라 하시매 그대로 되니라 하나님이 뭍을 땅이라 칭하시고 모인 물을 바다라 칭하시니라 하나님의 보시기에 좋았더라."

하나님이 빛과 어두움을 만든 후에 하늘과 땅과 바다를 만드셨습니다. 하늘과 땅과 바다를 만드신 방법도 빛과 어두움을 만들 듯 말씀과 주문으로 만드셨습니다. 역시 재료는 말씀이었습니다. 여기서도 물리적인 하늘과 땅과 바다가 아니란 것을 여실히 보여주고 있습니다. 만일 우주와 하늘과 땅과 산과 바다를 물리적으로 만들었다고 한다면 그것은 신도 할 수 없는 일일 것입니다.

하늘 공간이나 땅이나 바다나 우주를 물리적으로 만들 수는 없습니다. 하나님도 신들도 물질이 아닌 영체입니다. 그런데 영체가 어떻게 물질을 만들 수 있겠습니까? 그래서 아직 이해는 안 가겠지만 만물은 물질일 수 없습니다. 그러나 우리 인간의 인식과 감성으로는 우주는 분명히 물질입니다. 이런 아이러니를 어떻게 해결할 수 있단 말입니까? 여기서 다시 역발상이 필요합니다. 우주가 물질처럼 보이는 이유는 인간의 오감 작용이라고 했죠? 그럼 인간의 오감(五感)은 물질인가, 비 물질인가요? 오감이란 다섯 감각기관이란 뜻입니다. 감각기관에서 받은 감각은 의식으로 전환됩니다.

인간의 오감은 의식으로 변환합니다. 오감과 의식기능의 바탕에는 마음이란 것이 있습니다. 마음을 달리 영혼으로 표현합니다. 영혼은 곧 정신이고 정신(精神)은 또 신(神)이란 의미를 가지고 있습니다. 이는 다시 신이 없으면 다섯 감각기관도 없으며, 다섯 감정도 있을 수 없다는 의미입니다. 다섯 감정이 없으면 의식도 없습니다. 의식이 없으면 천지도, 빛도, 궁창도, 뭍도, 해도, 달도, 별도 없습니다. 인간의 오감 역시 비 물질임을 알 수 있습니다.

따라서 우주와 천지와 산과 바다가 물질처럼 보이는 것은 인간의 영혼의 작용임을 감지할 수 있습니다. 이러한 현상은 우리가 꾸는 꿈에서도 발견할 수 있습니다. 꿈에서도 우리가 일상에서 경험하는 것과 똑같은 물질을 만납니다. 그 속에는 우주도 있고, 천지도 있으며, 산과 바다, 사람, 동물, 식물도 다 만나고 보고 듣고 접촉하고 느낍니다. 꿈속에서 만난 것들은 아침에

잠을 깨면 실물이 아니며, 환상이란 사실을 깨닫게 됩니다.

그렇게 인간이 꿈을 꿀 수 있는 기능은 과학적으로는 인간에게 뇌가 있기 때문이라고 답합니다. 그러나 성서적으로는 인간에게 영혼이 있어서 꿈을 꿀 수 있다고 답할 수 있을 것입니다. 이 부분을 해석하면 꿈속에 있던 모든 것은 실존하지 않는 것이라고 결론지을 수 있습니다. 다만 그 대상은 없지만, 인간에게 인식되는 이유는 인간이 인식할 수 있는 기능을 가지고 있기 때문입니다. 성서적으로 말하면 이 기능을 할 수 있는 능력이 곧 영혼의 능력이며, 신의 능력이라고 할 수 있습니다.

그래서 인간의 영혼은 신의 성품을 가지고 있는 것입니다. 신은 인식할 수 있는 존재, 의식하는 존재입니다. 이러한 사상은 이미 고대 그리스 철학자 아리스토텔레스도 가지고 있던 것입니다. 아리스토텔레스의 주장을 확장하면 '운동하는 모든 것은 신의 작용'이라는 것입니다.

---

34) 슈뢰딩거의 고양이 : 과학의 아포리즘이 세계를 바꾸다.
   https://books.google.co.kr/books?isbn=9791159250644

양자물리학에서 이중 슬릿 실험 결과로 얻은 것은 물질을 이루고 있는 가장 작은 알갱이인 전자가 입자가 아닌 파동으로도 존재할 수 있다는 사실을 발견하였습니다. 이뿐만 아니라 연구결과 원자는 99.9%가 공간 상태로 밝혀졌고, 전자는 고정된 결정체가 아니라, 수없이 운동을 반복하는 것으로 점멸하는 개체로 관찰됩니다.

양자 물리학자들과 아인슈타인은 양자물리학에 대하여 논쟁을 하던 중, 아인슈타인과 양자 물리학자들 사이에 '달의 실존 여부를 두고 실랑이가 벌어졌습니다.' 오늘날에 와서 그에 대한 승패는 양자 물리학자들의 완승으로 결판났습니다. 양자물리학의 승리는 곧 파동의 승리며 인식의 승리입니다.

하이젠베르크는 '자연현상이 누군가의 관찰에 종속되어 있다'고 주장하는 반면에 아인슈타인은 그것을 거부했습니다. 다음은 에른스트 페터 피셔가 지은 『슈뢰딩거의 고양이』의 일부입니다. 본 인용문에서 특이한 점은 '자연의 법칙은 자연에서 유래하는 것이 아니라, 인간으로부터, 나오는 것이다' 라는 내용입니다.

"하이젠베르크를 옹호하려면 칸트 철학 이후 자연

철학적 사유에 나타난 경향을 살펴볼 필요가 있다. 사람들은 인간이 자연에서 법칙을 발견하는 것이 아니라, 반대로 그것을 자연에 부과하는 것으로는 칸트의 견해를 겉으로는 받아들이는 척하면서도 속으로는 그런 생각을 부정했다. 사실 자연의 법칙은 자연에서 유래하는 것이 아니라 인간으로부터, 나오는 것이다. 하늘에 걸려 있는 달은 우리가 스스로 만들어내 우리만이 이해하는 매개변수들을 통해서 기술된다."[34]

결국, 양자역학의 논리는 하늘에 떠 있는 달은 물론 우주도 실존하는 것이 아니라, 양자 물리학적으로 존재하고 있다는 것입니다. 이것은 모든 물질은 관찰자 곧 사람이 있으므로 존재한다는 위대하고 경이로운 발견입니다. '자연현상이 누군가의 관찰에 종속되어 있다' 라는 생각을 한 하이젠베르크의 논리와 에른스트 페터 피셔가 '자연의 법칙은 자연에서 유래하는 것이 아니라, 인간에게서 나온다' 라는 것을 종합하면 자연법칙과 자연현상은 오직 관찰자에 종속되어 있고, 그 관찰자는 곧 인간이란 것입니다. 이것은 자연이 인간에 의하여 종속되어 나타나는 현상임을 말하는 것입니다.

불교에는 유식무경(唯識無境)이란 말이 있습니다. 유식무경은 오직 식(識), 뿐이며 보이는 대상 세계는 실재[reality, 實在]하지 않는다는 의미입니다. 이때 식(識)은 사람의 의식을 뜻합니다. 경(境)은 사람이 의식하는 대상 곧 우주 만물이 되겠죠.

불교의 유식무경과 하이젠베르크와 피셔의 의견을 원용하면 '우주 만물은 실존하지 않는다. 그러나 식은 존재한다' 라는 것입니다. 이 표현에 따르면 식이 관찰자의 역할을 한다는 의미입니다. 식은 의식이며, 마음이며, 영혼이며, 신입니다.

일련의 모든 것들이 같은 맥락의 논리들임을 알 수 있습니다. 이것을 성서적 입장에서 표현하면 '우주 만물은 실존하지 않는다. 다만 신이 실존할 뿐이다' 는 식이 될 것입니다. 그리고 그 신은 사람의 영혼으로 현현(顯現)되었다고 할 수 있습니다. 이런 개념 안에서 창세기를 읽는다면 진리로 들어가는 지혜가 한없이 쏟아져 내릴 것입니다.

창세기 1:14에는 "하나님이 가라사대 하늘의 궁창에 광명이 있어 주야를 나뉘게 하라 또 그 광명으로 하여 징조와 사시와 일자와 연한이 이루라." 여기서 창조되는 것은 징조와 사시와 일자와 연한입니다. 사시와 연한과 일자는 모두 시간의 개념입니다. 창조 이전에 오직 스스로 있는 자만 있던 상태에서 이렇게 시간도 추가되었습니다. 지금까지 하나하나 창조하였지만 모든 것은 물질이 아니었음을 더듬어 지적할 수 있겠습니다.

우리는 흔히 4차원의 시공간에 살고 있다고 합니다. 3차원 공간에 시간이라는 1차원이 더해져 4차원이라고 합니다. 앞에서 창조된 하늘과 땅과 바다가 물질이 아닌 인식 속에서의 물질이라는 것을 되풀이하면서 여기까지 왔습니다. 그것들이 3차원의 의식이라면 이제 거기에 시간의 개념을 더 창조해주시니 비로소 인간이 4차원의 의식을 가지게 된 것입니다. 따라서 시간 역시 물리적인 개념이 아니란 것을 알 수 있습니다. 또 시간을 물리적으로 창조할 수는 없을 것입니다. 시간 관념은 인간의 뇌 속에 있습니다.

따라서 '스스로 계신 자' 께서 우리에게 창조해주신 것은 모두 영적인 것들이었다고 할 수 있습니다. 그런데 그 영적인 혜택을 받은 것은 사람이었고, 그 사람이 받은 것은 곧 우리들의 영혼입니다. 사람의 영혼은 우

주와 대상 세계를 물질로 여기게 만드는 메카니즘
[mech · an · ism]을 가지고 있습니다. 쉽게 말하면
'스스로 계신 자'는 컴퓨터의 프로그래머로서 인간의
영혼 중심에서 움직이고 있다는 것입니다.

이와 같은 창조 방식을 통하여 우리가 가지고 있는
4차원의 시공간은 실존하는 것이 아니라, 우리들의 영
혼 속에 존재하는 개념이란 사실을 깨달을 수가 있습
니다. 모든 답을 프로그래머가 가지고 있다는 의미입
니다. 성서적으로 그 프로그래머는 인간에게 영혼을
주신 '스스로 있는 자'로 결론지을 수 있습니다. 그렇
다면 오늘날까지 밝혀진 많은, 지식은 프로그래머의
지적 능력의 일부가 될 것입니다. 그것을 밝힌 자들은
영혼을 소유한 인간들입니다.

이런 이치가 맞는다면 아직 우리가 알지 못하고 있
는 미지의 그 세계의 발견은 영혼의 발전을 통하여 기
대할 수 있다는 의미가 될 것입니다. 성서는 영혼의 혁
명을 목적으로 기록되었습니다. 거듭남이란 우리가 마
귀의 영혼에서 성령의 영혼으로의 개혁을 의미합니다.
미지의 세계는 영혼의 혁명을 통하여 성서의 목적이
이루어지는 그 날 만인들에게 펼쳐져서 나타날 것입니

다. 그 날이 곧 신약의 약속을 이루는 재림의 그 날입니다.

그 날에 이루어지는 영혼의 혁명을 통하여 지식 세계는 변화합니다.

고린도전서 2:10 "오직 하나님이 성령으로 이것을 우리에게 보이셨으니 성령은 모든 것 곧 하나님의 깊은 것이라도 통달하시느니라." 영혼의 진본(眞本)은 성령입니다. 성령은 하늘의 깊은 것을 모두 통달하게 합니다. 하늘의 깊은 것을 다 통달한다는 것은 곧 우주의 깊은 모든 진실을 통달한다는 의미입니다. 관찰자가 전능한 능력을 발휘할 때, 우리는 우주의 모든 것들을 다 깨닫게 될 것입니다.

최소한 성서적으로 만물이 창조되는 과정에서 결코 물질세계가 만들어진 흔적은 없습니다. 그러나 왜 우리는 모든 것을 물질적으로 인식하고 육체만을 중시하는 사상을 가지게 되었을까 하는 의문이 생길 것입니다. 필자가 피력하고 싶은 것은 우리가 사는 세상과 우주의 실체가 과연 무엇인가를 파악하는 것입니다. 그러기 위하여 성서의 말씀을 기준으로 파고 들어가 보자는 것입니다. 지금까지 논한 것들만을 보드라도 우주는 영적 세상이고, 가상의 세계입니다.

　그런데 왜 이런 단순한 논리를 사람들이 모르고, 깨닫지 못하며 믿지 못할까요? 인간의 육체를 물질이라고 하고, 인간의 영혼은 물질이라고 하지 않습니다. 인간이 생명 활동을 할 수 있는 것은 물질이 아니라, 영혼입니다. 사람들은 흔히 신(神)을 특별한 어떤 것으로 생각합니다. 신이 마치 인간을 떠난 다른 곳에만 있는 것으로 알고 있습니다.

　그러나 성서는 하나님을 신으로 규정짓고 있고, 사람도 신으로 규정짓습니다. 그러나 하나님의 신을 육안으로는 볼 수도 없고 손으로 만질 수도 없듯이 사람의 영혼도 볼 수도 없고 만질 수도 없습니다. 그러나 영혼은 육체를 움직이며 생명 활동을 이끌고 있습니다. 물질을 통하여 오히려 신의 존재를 깨달을 수 있습니다. 육체가 실존하는 것처럼 착각하는 일을 통하여 하나님의 실존을 배울 수 있습니다.

　이렇게 볼 때, 인간이 하나님의 피조물이란 사실은 인간에게 영혼이 존재하는 것으로 증거를 삼을 수가 있습니다. 역설적으로 하나님의 존재를 믿지 않는 사람들이나 신의 존재를 불신하는 사람에게 인간의 영혼이 신이란 사실을 증명해 보이는 것은 매우 효과적인 방법이 될 것입니다. 하나님이나 신을 눈으로 볼 수 없어서 믿지 못한다고 주장하는 사람들에게 인간의 영혼이 곧 신이란 사실을 보여주므로 하나님과 신의 존재를 믿게 할 수 있기 때문입니다.

시편에는 사람들이 신들이라고 분명히 못 박고 있습니다. 시편 82:6 "내가 말하기를 너희는 신들이며 다 지존자의 아들들이라 하였으나."

이것은 창세기에서 신이신 하나님의 형상으로 창조된 사람이 신이란 것과 맥락을 같이 하며 논리상 어긋남이 없다고 할 수 있겠습니다.

사도행전 17:28-29 "우리가 그를 힘입어 살며 기동하며 있느니라 너희 시인 중에도 어떤 사람들의 말과 같이 우리가 그의 소생이라 하니 이와 같이 신의 소생이 되었은 즉 신을 금이나 은이나 돌에다 사람의 기술과 고안으로 새긴 것들과 같이 여길 것이 아니니라."

여기서도 사람은 하나님의 소생이라고 하고, 하나님의 소생은 곧 신의 소생이라고 정의를 내리고 있는 것을 볼 수 있습니다. 그런데 사람들이 자신이 신이란 사실을 부인하는 이유는 아담 범죄 후, 영혼의 변질 때문입니다. 창세기 6:3에 의하여 사람들은 모두 생령(生靈)에서 육체(악령)로 떨어져 버렸습니다. 육체는 육체의 말을 하고, 성령은 성령의 말을 합니다. 악령은 육체를 주장하고, 성령은 신을 주장합니다.

그래서 요한복음 10:35에서는 "성경은 폐하지 못하나니 하나님의 말씀을 받은 사람들을 신이라 하셨거든"이라고 하여 하나님의 말씀을 받게 되면 사람이 신이라고 강조하고 있습니다. 이때 말씀을 받은 사람은 진리로 깨달은 사람을 의미하며 범죄 이전의 사람으로 회복된 사람을 의미합니다. 이는 사람의 영혼을 다시 성령으로 거듭나게 할 수 있는 도구는 말씀뿐이란 사실을 보강해주고 있습니다.

이렇게 사람의 영혼이 곧 신이란 사실을 사람들이 깨달아 인정할 때, 하나님의 존재는 물론 신의 존재를 인정할 수밖에 없을 것입니다. 이런 측면에서 사람의 영혼은 보이지 아니하는 하나님의 존재를 깨닫게 할 수 있는 큰 무기가 될 수도 있습니다. 하나님의 신을 확인할 수 있기는 쉽지 않으나 사람의 영혼의 존재를 확인하는 것은 어렵지 않으니까 말입니다.

하나님의 영이 인간의 형상으로 전이 되어 왔기 때

문에 인간의 형상인 영혼의 존재를 파악하므로 하나님의 존재를 간접적으로 경험할 수 있게 됩니다. 인간은 분명히 이렇게 존재하고 있고, 인간이 존재할 수 있는 이유는 생명의 본체인 영혼이 있기 때문입니다. 이 영혼이 실재하므로 인간이 신의 형상으로 창조된 피조물이란 사실을 인정할 수 있습니다. 그런데 일반적으로 사람들은 이 사실을 인정하지 못합니다. 현재의 우리들의 영혼은 진본(眞本)이 아니라, 모조품(imitation)이기 때문입니다.

그러나 이제 인간이 말씀을 받아 신의 차원이 되면 우주 만물이 물질이 아닌 신의 구조물임[structure, 構造物]을 파악할 수 있을 것입니다. 창세기의 천지창조의 내력을 보고, 창조된 피조물이 성서적으로 어떤 의미를, 가지는지 실상을 이해하는 것은 매우 중요하다고 할 것입니다. 지구촌 수많은 사람이 집집마다 성서를 두고 오늘날까지 읽어 왔지만, 오늘날까지 성서에 기록된 참뜻을 다 헤아리지 못하고 있다는 사실은 참으로 답답할 노릇이죠?

고고학적으로 본 인류 역사는 250~600만 년 설(說)에 비해, 성서의 창세기로 본 인류 역사는 고작 6천 년입니다. 이런 어긋남은 무엇에 기인하는가요? 창세기부터 등장하는 생명나무와 선악나무의 비밀은 무엇인가요? 창세기에서 하와를 미혹하던 놈은 뱀이란 이름으로 등장하는데 이 뱀은 도대체 어떤 뱀을 말하는 것이었죠?

6천 년의 성서의 역사를 거치고 있지만 아직도 여전히 이런 난제들이 미완의 과제로 남아있습니다. 본 책에서는 이러한 미완의 난제들을 풀어나가기 위해 잘못 끼운 첫 단추를 다시 끼워보려 시도하고자 합니다. 앞에서 나열된 창조 전의 단계와 창조 후의 단계로 나누어서 성서에서 소개한 창조물이 물질적인 것인가 영적인 것인가를 고찰해보는 것 역시 그러한 목적의 일환입니다.

성서의 목적이 구원인 이유는 우리가 하나님께 물려받은 생령인 영혼을 마귀의 미혹으로 보존치 못하고 오히려 마귀 영혼으로 바뀌었기 때문입니다. 마귀 영은 무지의 영이라서 자신이 신이란 사실을 깨닫지 못하게 됩니다. 동시에 하나님의 존재도 인정하지 않습니다. 아담이 범죄 한 이후 모든 사람은 아담의 죄의 유전자를 받았습니다.

따라서 모든 사람은 마귀의 영혼으로 변질되었습니다. 이때 구원이 필요한 사람은 누구냐는 문제를 짚어보는 것은 매우 중요합니다. 많은 사람이 구원에 대한 잘못된 이해를 하고 있는 것 같습니다. 앞에서 사람이 하나님의 형상으로 태어나는 과정을 살펴보았습니다. 이런 성서의 기록을 근거할 때, 구원의 대상은 누구냐는 질문을 해볼 필요가 있습니다.

구원의 대상은 '영혼이 변질된 모든 사람'이라고 할 수 있을 것입니다. 이 결론을 얻기 전에 지구촌의 모든 사람은 하나님의 자녀라는 사실부터 짚고 넘어가야 할 것 같습니다. 많은 사람이 마치 하나님은 기독교의 전유물처럼 생각하는 것 같습니다. 적지 않은 사람들이 하나님은 어떤 특정의 사람들의 하나님으로 오인하고 있지만 '모든 사람은 하나님의 자녀였다'란 사실을 깊이 있게 이해해야 합니다. 이에 관한 바른 지식을 가질 때, 구원의 실상이 무엇을 의미하는지 이해하게 될 것입니다.

성서에 근거할 때, 사람이 하나님의 자녀가 되기 위한 조건은 '하나님의 형상'을 갖춘 인격체라고 할 수 있습니다. 창세기에서 하나님께 창조된 첫 사람은 이런 조건을 갖춘 사람이었습니다. 그리고 오늘날의 모든 사람은 이 첫 사람의 후손들입니다. 그래서 모든 사람은 하나님의 자손들이라고 할 수 있습니다.

그러나 일반적으로 부모의 자녀가 될 수 있는 조건은 그 부모의 유전자를 받아야 합니다. 그럼 하나님의 자녀가 될 수 있는 조건은 무엇일까요? 하나님의 유전자는 성령(聖靈)이며, 성령은 '생령(生靈)'입니다. 그래서 하나님의 형상을 생령(生靈)이라 했던 것입니다. 생령(生靈)은 산 영이란 의미고, 성령(聖靈)은 거룩한 영이란 의미입니다. 그것에 반하여 마귀 영은 죽은 영이며, 천한 영이라고 부를 수 있을 것입니다.

하나님의 형상을 갖춘 인격체는 생령(生靈)을 가진 사람이라고 할 수 있으며 마귀의 형상을 갖춘 인격체는 죽은 영을 가진 사람이라고 할 수 있습니다. 이런 이해를 통해서 구원의 참 의미를 깨달아 가게 됩니다. 사람이 구원받아야 하는 이유는 사람의 영혼이 마귀 영에 의하여 죽은 영이 되었기 때문입니다.

이러한 사실을 이해할 때, 구원이란 어떤 특정의 사람들만이 대상일까요? 구원은 과연 선택일까요? 아닙니다. 모든 사람이 구원의 대상이고, 구원은 선택이 아니라, 필수입니다.

모든 사람이 하나님의 자녀였다는 증거는 영혼이 없는 사람이 없다는 것으로 충분할 것입니다. 그리고 모든 사람이 구원의 대상이란 증거는 모든 사람의 영혼의 상태를 성서를 기준으로 관찰함으로 알 수 있습니다. 그것은 창세기의 아담 범죄 이전의 사람의 상태와 오늘날의 모든 사람의 영혼의 상태를 비교함으로 가능해집니다.

창세기 범죄 이전의 인격체들은 첫째 선악과를 먹지 않고 생명과일을 먹은 사람들이었습니다. 그들의 영혼은 자유로웠으며 그들의 영혼은 생령(生靈)이었습니다. 그들은 성령의 옷을 입은 자랑스러운 인격체였습니다. 그들은 또 에덴동산을 다스리던 지킴이였습니다. 그리고 그들에게는 죽음이 없었습니다.

그러나 범죄 이후 인격체들은 첫째 선악과를 먹고, 생명과일은 먹을 수 없었습니다. 그들의 영혼은 구속 당하였으며, 그들의 영혼은 사령(死靈)이 되었습니다. 그들은 성령의 옷을 벗은 부끄러운 인격체였습니다. 그들은 또 에덴동산에서 쫓겨났습니다. 그리고 그들에게는 죽음이 찾아왔습니다.

모든 사람이 영혼을 가진 것이 곧 모든 사람이 하나님의 자녀란 증거란 평범한 진리 속에서 모든 사람의 영혼이 악한 영의 소속이 되었다는 것은 모든 사람이 구원받아야 하는 의무를 지니고 있다는 사실을 깨달을 수가 있습니다. 이 사실은 우리, 신앙인을 일깨워 주는 긴요한 메시지가 되리라 생각합니다.

그리고 구원의 실상은 우리 인류가 아담 범죄로 인하여 잃어버린 것들을 모두 되찾았을 때의 모습입니다. 그렇기 전에 구원을 완성한 것으로 생각하는 것은 성서의 기본적 목적을 이해하지 못한 데에 기인한다고 볼 수 있을 것입니다.[35] 성경전서 전체의 흐름상 구원은 신약의 약속을 이루는 재림 때, 비로소 완성됩니다.

다시 천지창조 내력을 정리해보면 성서적 우주 창조는 영적 창조란 사실입니다. 그리고 창조에서 무엇보다 중요한 것은 인간의 영혼 창조입니다. 인간은 분명히 실존하고 있고, 그 인간을 이끄는 내면은 영혼입니다. 우주를 규명하는 일도 생명체와 교감하는 일도 인간에게 영혼이 있으므로 가능한 일입니다. 인간의 영

---

35) 계12:10 "내가 또 들으니 하늘에 큰 음성이 있어 가로되 이제 우리 하나님의 구원과 능력과 나라와 또 그의 그리스도의 권세가 이루었으니 우리 형제들을 참소하던 자 곧 우리 하나님 앞에서 밤낮 참소하던 자가 쫓겨 났고."

혼이 우주의 핵이며 맥입니다. 우주는 인간의 영혼에 예속되어 있습니다. 따라서 4차원 시공간의 우주는 영적으로 존재하며, 실존하지 않는다는 결론은 근거 없는 논리가 아닙니다. 영혼과 우주의 재료는 말씀이고, 영이고, 신입니다. 이것이 성서가 말한 우주며 만물입니다. 이렇게 창세기의 천지창조가 이해된다면 창세기에서 창조된 우주와 천지와 만물은 공간에 물질을 창조한 것이 아니라, 인간의 영혼 안에 창조한 것입니다. 이것은 우리가 매일 살아가며 느끼는 우주와 만물이 우리들의 영혼 안에서 이루어지는 영적 활동이란 놀라운 사실로 다가옵니다. 그러나 그러한 사실을 오늘날까지 몰랐다는 것은 우리가 우리의 영혼에 대해서 그만큼 무지하고 무심하였다는 증거입니다. 동시에 인간의 영혼이 얼마나 정교하며 신기(神技)한 존재인지를 일깨워 줍니다.

이러한 영적인 창조를 이해할 때, 성서의 결론인 구원의 참 의미와 종말의 참 의미와 재림의 참 의미를 제대로 반추할 수 있을 것입니다. 이러한 의미에서 본 책이 말하는 신성서학적 측면으로 성서는 재해석되어야 한다는 입장입니다. 이것은 신성서학적 해석에 의한 구원과 종말과 재림의 의미는 기존 해석과의 차별화를 의미합니다.

그 차이는 이웃 학문이나 이웃 경전과의 배타가 아니라 화합으로 이어질 것입니다. 이는 오늘날까지 기독교가 성서를 잘 못 해석한 결과 이웃 학문과 이웃 종교에 배타적이었다는 의미도 됩니다. 신성서학의 입장에서는 모든 인류가 영적으로 한 혈통(행17:26)이란 근본 역사이념에 따라 그들 모두와의 화합을 추구합니다.

이 지점에서 신성서학은 종교에 대한 정의를 내립니다. 종교는 철저히 경전에 의한 것이어야 한다는 것과 그 경전은 진리여야 한다는 것을 취합니다. 그리고 종교인은 진리로 기록된 그 경전을 진리 그대로 해석하여야 한다는 것입니다. 신성서학이 진리라고 취하는 경전은 신구약성서 66권입니다. 성경전서 66권에는 창조와 재창조의 논리가 녹아있으며 재창조는 첫 창조가 잘못 되어버렸으므로 다시 창조한다는 의미입니다.

창조한 것 중, 가장 우선되는 것은 사람이며, 그 사람의 정의는 창조주의 형상으로 창조 받은 생령(生靈)

입니다. 첫 창조가 잘못됐다는 것은 곧 생령(生靈)의 상태에서의 변질입니다. 재창조는 변질된 영혼을 다시 생령(生靈)으로 회귀시키는 일입니다. 이것을 달리 표현하면 성서가 지향하는 재창조는 인간 본성의 회복입니다.

여기서 성서가 말하는 종교의 목적이 명확하여집니다. 성서가 말하는 종교의 목적은 인간 영혼의 재창조란 사실을 말입니다. 그렇다면 우리가 살펴봐야 할 것은 인간 영혼의 역사입니다. 그것이 창세기의 주 내용입니다. 여기서 주의해야 할 사항은 앞에서도 누누이 언급한 성서 기록에는 비밀이 섞여져 있다는 사실입니다.

그러한 사실에 주의하면서 창세기를 정리하면 인간이 창조 받은 경로가 있습니다. 그것은 하나님의 형상으로 생령(生靈)을 만들었다는 역사적 사실입니다. 그렇게 만들어진 첫 사람이 있었죠? 창세기는 과거에 있었던 역사적 사실을 하나님이 모세에게 성령에 감동케 하여 간략하게 알려주신 내용입니다. 이 내용에는 비밀 적, 함축적 표현들이 있습니다. 창세기를 연대로 추산을 하면 지금으로부터 약 6천 년 전 정도입니다.

그러나 그 내용에는 함축적 여러 의미가 있습니다. 여기서 다 설명하기에는 내용이 깁니다. 다만 창세기 6천 년 역사는 그 이전 인류가 처음 창조된 역사를 함축하고 있습니다. 그 역사는 고고학이나 역사학에서 밝힌 범주와 다르지 않습니다. 현 고고학에서 인류 역사를 보는 시각은 약 250만 년~600만 년일 것입니다. 창세기의 이런 확대 해석은 통상적인 인류 역사와 창세기 기록으로 본 6천 년의 역사와의 괴리를 상쇄시킵니다.

창세기는 인류의 실제 역사를 내포한 동시에 영적 재창조의 역사도 암시하고 있습니다. 창세기 6천 년의 역사는 영적 재창조의 역사의 시점도 비추어줍니다. 즉 창세기 6천 년의 역사는 인간의 영혼 변질에서 다시 창조하겠다는 예언적 내용을 함포하고 있다는 것입니다. 다시 말하면 창세기에 기록한 인간 창조에 대한 신성서학의 해석은 두 가지로 분리하여 이해해야 한다는 사실입니다.

첫째, 창세기 역사는 범 인류가 최초로 창조된 실제 역사를 기록하고 있다는 것입니다. 둘째, 처음 창조한 인류의 영혼이 부패하여 변질된 상태 즉 망령(亡靈)된 상태에서 다시 재창조하겠다는 내용을 기록한 것이란 사실입니다. 이런 측면에서 창세기는 이런 두 종류의 창조가 중의적(衆意的)으로 얽혀 있는 책이라고 소개할 수 있겠습니다.

본 내용에서 종교의 정의를 내릴 때, 필요한 부분은 범 인류가 처음 창조된 역사에 대한 진실이 요구됩니다. 이것을 통하여 우리는 종교의 의미, 종교의 목적을 명확히 생각해볼 기회를 가질 것입니다. 이것을 뒤 바침 해주는 내용이 창세기와 사도행전의 내용입니다.

창세기 1:27 "하나님이 자기 형상 곧 하나님의 형상대로 사람을 창조하시되 남자와 여자를 창조하시고."

여기서 하나님이 자신의 형상대로 사람을 창조하였다는 역사를 범 인류의 역사로 이해할 때, 지금 내용은 인류의 첫 조상이 창조된 역사입니다. 이것을 정리하면 하나님이 자신의 형상대로 남자와 여자를 창조했다는 것입니다. 이것을 오늘날의 세계인들의 족보와 연결하면 하나님이 가장 원초적 할아버지가 될 것입니다. 그리고 그 할아버지에게 탄생 된 첫 사람, 남자와 여자가 두 번째 조상이 될 것입니다.

그다음은 세 번째 조상, 그다음은 네 번째 조상, 이

렇게 오늘날에 이르게 됐다면 우리 인류의 족보는 위와 같이 형성될 것입니다. 우리 인류의 역사가 이렇게 형성되었다면 이것이 우리들의 영적, 육적 역사가 될 것입니다. 그렇다면 실제 우리 모두를 있게 한 존재는 하나님이란 사실을 알게 되고 그것이 타당한 이유를 우리는 우리 영혼에서 찾을 수 있습니다. 하나님은 영이시니 그 형상으로 된 우리에게도 영혼이 있지 않습니까? 그리고 하나님은 거룩하시니 하나님의 영을 성령(聖靈)이라고 하죠? 그것을 창세기서는 생령(生靈)이라고 했죠?

여기서 종교의 목적이 구원이란 것에서 우리는 우리의 영혼이 변질된 사실을 발견할 수 있습니다. 그것은 우리의 영적 족보에서 이탈되었다는 것을 시사합니다. 그것은 다시 말해서 성령에서 악령으로 변질을 의미합니다. 또 다른 표현으로는 생령(生靈)에서 사령(死靈)으로의 변질을 의미하죠?

이것으로 성서의 구원, 천국, 부활, 영생이란 핵심어가 모두 밝혀집니다. 구원이란 악령에서 해방되는 것입니다. 천국이란 우리 족보의 가장 위에 존재하신 하나님이 우리에게 돌아오시는 것입니다. 그 결과 우리의 영혼은 성령으로 거듭나게 되죠? 우리가 성령으로 거듭난다는 것은 성령의 원체(元體) 이신 하나님이 우리에게 돌아오셨다는 의미죠? 이것을 본 책의 제목인 재림과 연관 지어볼 수 있겠죠! 하나님이 돌아오신 나라가 천국이죠? 사령은 죽은 영이고, 생령(生靈)은 산 영이죠. 죽은 영에서 산 영으로 거듭나니 부활(復活)이죠? 부활은 '다시 살아남' 이란 뜻이죠? 생령(生靈)이란 하나님의 형상대로 태어났을 때, 인간의 본성이었죠? 그때는 죽음이 없었다고 성서는 말하죠? 그래서 이것으로 영생이란 의미가 밝혀지죠!

자 그렇담 종교의 목적이 이렇게 분명해지지 않습니까? 그런데 세상에는 왜 종교는 그렇게 많을까요? 종교란 우리를 존재케 한 그 족보를 다시 찾아 그 소속이 그쪽으로 옮겨가는 것이 아닐까요? 그 위에 존재하신 분이 곧 우리 영혼을 있게 한 그분이니 말입니다.

사도행전 17:26 "인류의 모든 족속을 한 혈통으로 만드사 온 땅에 거하게 하시고 저희의 년대를 정하시며 거주의 경계를 한하셨으니."

본 성서 구절은 우리 인류가 한 혈통이란 사실을 강조하고 있습니다. 한 혈통으로 태어난 우리 인류가 년대를 흘러 보내면서 거주의 경계를 두게 되어 오늘날 세계가 각각의 국경으로 갈라져 살고 있지만 사실 인류는 한 혈통이란 것입니다. 그런데 우리는 이런 영적 육적 족보에서 이탈되었습니다. 이것으로 종교가 가야 할 길이 밝혀집니다. 이것이 종교의 목적이 아닙니까?

여기서 우리는 종교 통일의 의미와 필요성을 느낄 수 있습니다. 종교 통일은 우리를 존재하게 한 창조주로 돌아가는 것입니다. 모든 종교가 다른 신의 이름을 부르지만 우리는 한 창조주의 후손들입니다. 한 창조주를 찾아 그곳으로 가는 길이 종교의 목적을 이루는 일이며, 진리를 찾는 길입니다. 종교는 우리에게 영혼을 준 분을 찾아가는 것입니다. 그런데 모든 인류는 한 창조주의 후손들입니다. 따라서 종교는 그 창조주로 하나 되어야 합니다. 창조주는 우리 직계 조상이라고 볼 수 있기 때문입니다. 모든 종교가 창조주란 칭호로 통일하여 부르며 그에게로 하나 되어 가면 그것이 진리고, 온 인류는 하나 될 것입니다.

그러나 여기서 갈라져 나간 것, 그것이 곧 시작과 끝이 다르다는 의미인 이단(異端)의 참 정의일 것입니다. 이런 의미에서는 오늘날까지 지구촌 모든 종교가 이단이었음을 여실히 드러낸다고 할 수 있습니다. 그러나 창조주란 하나의 이름을 부르며 그 창조주를 찾게 된다면 그것은 이단이 아니라, 통합, 통일, 하나, 정통이 될 것입니다.

제 2 장

예수의 다시 오심의 의미

1. 재림의 의미는 구원과 천국의 완성

본 책의 제목은 재림입니다. 재림(再臨)이란 '다시 오심' 이란 의미죠? 그런데 '누가 오는가' 라는 의문이 생기시죠? 그리고 왜 다시 '오실까' 란 의문이 생기지 않습니까?

그 답이 곧 재림의 목적과 연결이 되니까 매우 중요한 사안이라 할 수 있겠습니다. 그렇다면 재림 이전에는 무엇이 있었을까요? 초림이 있었습니다. 초림(初臨)이란 '처음 오심' 이란 뜻입니다. 처음 오심과 다시 오심의 목적은 각각 무엇일까요? 처음 오신 이유를 아는 것은 다시 오심의 목적을 아는 것에 도움이 될 것입니다.

성서의 목적은 초림과 재림 두 번을 통하여 다 이루

어집니다(요19:30, 계21:6). 성서는 구약(舊約), 신약 (新約)으로 이루어져 있습니다. 구약은 '옛 약속'이란 의미고, 신약은 '새 약속'이란 의미입니다. 성서의 이 두 약속을 알므로 예수님의 '지상 오심'의 목적이 밝혀집니다. 초림은 구약의 예언을 이루기 위해서 오셨습니다. 그렇다면 재림은 신약의 예언을 이루기 위하여 오심을 알 수 있을 것입니다. 그래서 초림은 구약성서의 목적이며 주제고, 재림은 신약성서의 목적이며, 주제입니다.

따라서 성서를 볼 때, 이 주제를 간과해서는 안 되겠죠? 신구약 성경전서에는 크게 이 두 약속이 있습니다. 그런데 초림과 재림의 목적과 의미가 무엇인가 중요할 것입니다. 이 목적이 곧 성서가 존재하는 이유입니다. 성서는 그 목적 때문에 필요합니다. 그 목적이 없으면 성서는 필요 없습니다. 그 목적이 모든 기독교인의 소망입니다. 그 주제의 내용은 무엇일까요?

성서에서 초림으로 오신 예수를 '메시야' 또는 '그리스도'라고 하는 데서 그 답을 얻을 수 있습니다. 메시야(Messiah)를 흔히 구원자라고 합니다. 또 '기름 부음 받은 자'란 뜻도 있습니다. 기름은 말씀을 비유한 말입니다. 이는 히브리어인데 이것을 헬라어로 '그리스도[Jesus(Christ), Christ, Lord, the Messiah, the Savior]' 라고 합니다. 이 그리스도란 말의 의미를 알면 초림과 재림의 목적도 동시에 알게 됩니다.

성서는 약속을 지키기 위하여 오는 자를 '구원자' 그리고 '기름 부음 받은 자' 라고 합니다. 이 의미를 통하여 그리스도는 사람들을 구원시켜주는 목적을 이루기 위해서 오심을 알 수 있겠죠? 그런데 메시야란 또 다른 의미를 알므로 그가 어떻게 사람들을 구원시키게 되는가를 깨달을 수가 있을 것입니다. 메시야의 또 다른 의미는 '기름 부음을 받은 자' 입니다. 기름은 말씀이란 의미라 했죠? 따라서 구원자가 사람들을 구원시키는 도구는 말씀이란 사실을 알 수 있는 대목입니다.

말씀은 어떤 역할을 할 수 있을까요? 사람들을 깨닫게 해주는 역할을 할 것입니다. 따라서 이 사실을 통해서 사람은 깨달으면 구원받는다는 것을 배울 수 있습니다. 성서에서 깨달음을 주는 것을 진리라고 하죠? 여기서 중요한 사실을 발견할 수 있습니다. 메시야가 구원하는 일과 진리를 가지고 오는 자란 의미에서 사람은 메시야가 오지 않으면 구원받을 수 없다는 사실과 메시야가 오지 않으면 진리의 말씀을 가질 수 없다는 사실을 깨달을 수 있을 것입니다.

이 말씀을 통하여 사람은 스스로 구원을 이루지 못한다는 의미를 알 수 있습니다. 동시에 이것은 사람들은 스스로 깨닫지 못한다는 인간의 지식의 한계를 드러내고 있다는 것도 알 수 있습니다. 이것은 또 사람 스스로는 성서를 깨달을 수가 없다는 중요한 사실도 알려주고 있습니다. 또 동시에 메시야의 뜻이 '말씀을 받은 자'라는 것에서 사람들은 메시야를 통하여 깨달을 수 있다는 의미도 알 수 있습니다. 이 말은 곧 메시야는 사람들을 깨닫게 해서 사람들을 구원시켜주는 '역할자'임을 알 수 있습니다. 메시야의 깨달음을 사람들에게 전해주는 것을 보통 계시(啓示)라고 합니다. 계시의 한자적 해석은 '열어서 보이다'는 의미입니다.

이것은 또 성서의 예언이 봉함되어 있다는 의미인 묵시(默示)와 관련이 있음을 감지할 수 있습니다. 성서의 약속 곧 예언은 천상천하의 어떤 사람도 그 약속이 이루어지기 전에는 모른다고 기록되어 있습니다. 그런데 메시야는 그 약속을 이루기 위하여 오는 사람입니다. 이러한 것들을 통하여 메시야는 봉함된 성서를 계시해주는 역할자임도 알 수 있습니다.

요한복음 10:35 "성경은 폐하지 못하나니 하나님의 말씀을 받은 사람들을 신이라 하셨거든"이라고 기록하고 있습니다. 이때 말씀은 곧 메시야가 사람들을 깨닫게 해주는 계시라고 할 수 있겠습니다. 그런데 이 말씀으로 깨닫게 되면 사람이 신이 되게 된다고 합니다. 여기서 신이 된다는 개념은 성경적으로 여러 가지 의미를 함포하고 있습니다.

첫째 신이 된다는 의미는 창세기에서 생령(生靈)으로 창조됐다 했을 때의 생령과 동의어로 볼 수 있습니다. 또 둘째로 생령은 산 영이란 뜻으로 성령과 동의어이며, 성령은 하나님의 거룩한 영이란 의미입니다. 셋째로 생령(生靈)은 악령에서 거듭난 구원된 영이란 의미입니다. 그래서 성령은 메시야가 가져오는 새로운 영입니다. 그래서 메시야를 계시로 사람들을 악령에서 구원시켜주는 구원자라고 합니다.

이 말씀을 통하여 사람이 깨닫게 되면 사람이 곧 신이란 사실을 알게 됩니다. 따라서 초림과 재림을 통하여 구원이 완성되게 되면 사람이 신의 자리에 오르게 됩니다. 이것은 창세기에서 하나님이 자신의 형상으로 사람을 창조한 상태가 회복된 인간상임을 알 수 있습니다.

신약의 예언은 아직 이루어지지 않았습니다. 이 말은 곧 재림은 아직 이루어지지 않았다는 의미와 같습니다. 이 말은 또 아직 사람들의 영혼은 온전히 구원받지 못한 상태라는 말과 연결이 됩니다. 이 말은 또 아직 사람들의 영혼은 악령이라는 뜻이 됩니다. 악령의 반대는 성령입니다. 성령을 진리의 영이라고 하고, 악령을 거짓의 영이라고 합니다.

신약시대에 어떤 누구도 아직 성령으로 거듭난 사람은 없습니다. 따라서 세상에는 아직 진리가 없는 것이 당연할 것입니다(요1:7). 그래서 오늘날 만민들이 영적으로 무지한 것입니다. 그러나 진리의 영으로 거듭나게 되면 하늘의 깊은 것까지도 통달하게 됩니다(고전 2:10). 그때는 사람이 신이 된다고 합니다.

이렇게 도출된 길론을 가지고 범죄 이전의 사람의 상태를 점검해봅시다. 오늘날 모든 사람이 구원받아야 하는 사정은 아담의 범죄로 말미암습니다. 아담의 범죄로 변한 것은 인간의 영혼이 망령된 것입니다. 그러나 범죄 이전에는 아담이 하나님의 형상으로 태어났습니다. 이때는 사람들이 신이었다고 합니다(시82:6).

창세기 6:3에서는 사람이 육체가 되었다고 선포하고 있습니다. 성서는 분명히 신에서 육체가 된 내용을 기록하고 있습니다. 이제 초림을 거치고 재림을 통하여 사람들이 말씀을 받게 되면 다시 사람이 신이 됩니다. 사람이 신이 되면 사람이 육체에 대한 집착이나 개념은 없어집니다. 모든 불행과 악행은 육체에서 파생되었습니다. 아픔도 죽음도 육체라는 틀에서 나온 것이며, 살생도 살인도 육체의 욕심으로 말미암았습니다. 육체와 육체의 소욕은 모두 악한 영에 의하여 조종된 것들입니다.

재림은 인간을 다시 신으로 승격시켜주기 위해서 이루어집니다. 여기서 또 하나의 큰 진리를 언급할 수 있게 됩니다. 앞에서 첫 사람이 태어나는 과정이 이해가 잘 안 된다고 한 부분과 연결 지을 수 있습니다. 창세기에서 사람은 하나님의 형상으로 지은 생령(生靈) 이라고 하였습니다. 생령(生靈)이란, 산 영이란 뜻입니다. 영과 신은 동의어라고 앞에서 말씀드렸죠? 또 앞에서 몸이 생각을 낳은 것이 아니라, 생각이 몸을 낳았다는 표현을 했죠?

그 생각은 의식에서 나옵니다. 의식이 몸이라는 이미지를 만들어냈습니다. 우리가 첫 사람이 태어난 과정을 이해할 수 없는 것은 첫 사람이 육체라는 것이며, 육체가 물질이라는 것에서 한계가 지어집니다. 그러나 육체나 물질이 사람의 뇌에서 만든 이미지라면 이 의문은 간단히 해결됩니다. 즉 첫 사람이 세상에 태어난 것은 물질로서 육체가 아니라, 생각과 이미지로서의 육체였던 것입니다.

이 깨달음은 곧 '첫 사람은 신이신 하나님의 형상으로 태어났다.' 그래서 사람도 신이며, 따라서 태어난 것도 물질의 육체가 아님을 알 수 있습니다. 이 깨달음을 통하여 우리 인간이 신으로 지음, 받았다는 놀라운 사실에 더 가까이 접근할 수 있게 되는 듯합니다. 재림의 목적은 악령으로부터의 구원이고, 악령에서부터 구원이 되면 우리는 육체에서 벗어납니다. 그로 말미암아 사람들은 일체개고(一切皆苦)에서 벗어납니다.

오늘날에 와서 뇌 과학은 이 사실을 보증해주고 있습니다. 인간이 보고 느끼는 모든 것은 뇌의 작용이란 내용입니다. 인간의 좌뇌와 우뇌에서 공간과 신체를 자각할 수 있는 기능을 발견하였습니다. 즉 우리 인간에게 공간이나, 육체가 있다는 사실을 감지하는 것은 뇌 기능이란 것입니다. 만약에 우리 뇌에서 공간을 감지하는 뉴런(뇌세포)과 우리에게 육체가 있다는 사실을 자각하게 하는 뉴런을 없애면 우리는 공간에 대한 개념과 우리에게 육체가 있다는 개념은 가질 수 없습니다. 이것들은 모두 물질이나 우주가 우리 몸 밖에 존재하는 것이 아니라, 우리 내부가 만든 조화라는 사실을 말해주고 있습니다. 모든 것은 영혼이 만든 조화입니다. 초림 재림의 의미는 이런 인간의 영혼이 고장 난 것에 기인하며, 초림 재림은 고장 난 인간의 영혼을 고치기 위해 오신다는 사실을 깨달아야 합니다.

또 재림의 의미로 빠뜨릴 수 없는 것이 있습니다. 그것은 바로 우리들의 영적 소속에 관한 것입니다. 창세기에서 하나님이 가르쳐준 큰 진리는 '첫 사람은 하나님의 형상으로 창조 받았다' 라는 것입니다. 그것은 하나님의 씨로 난 자를 의미합니다. 아담과 하와가 범죄하기 전의 영적 소속은 하나님의 소속이었습니다.

그런데 에덴동산에는 하나님과 유형이 다른 신들이 있었습니다. 뱀들로 비유된 집단입니다. 이들은 악령의 무리입니다. 하나님의 씨가 성령이라면 이들의 씨는 악령입니다. 사람 중에도 두 종류의 사람이 있습니다. 한 부류는 신으로 통칭되는 부류이고, 한 부류는 육체로 표현되는 부류입니다. 아담과 하와는 신으로 존재한 하나님의 형상을 한 신들이었습니다. 이때 이들의 영적 소속은 하나님의 소속이었습니다.

그러나 아담과 하와가 선악과를 먹고 육체가 된 이후는 그들의 소속이 악령의 소속이 되었습니다. 이들 왕은 뱀의 왕인 용이 되었습니다. 재림의 의미를 여기서 찾을 수 있습니다. 즉 재림으로 오시는 그리스도는 하나님의 사자이며 임마누엘입니다. 그에게는 하나님의 영이 함께 합니다. 이것은 곧 영이신 하나님이 인간 세상에 오시는 것입니다.

그리스도는 육체로 오셨지만, 그 육체 안에는 하나님이 임재하셨습니다. 재림 때를 알린 계시록에도 '예수님의 사자'라고 칭한 한 육체가 등장합니다. 이 육체와 기성의 육체와 크게 다른 점이 있습니다. 기성의 육체 안에는 악의 영혼이 들어있고, '예수님의 사자'의 육체에는 '하나님의 영'이 들어있습니다. 이때 기성의 육체들이 예수님의 사자가 알려주는 진리 곧 계시를 받아 깨닫게 되면, 아담이 생기를 받아서 생령(生

靈)이 된 것처럼, 이들도 생령(生靈)이 되게 됩니다. 이들의 영혼은 악령에서 성령으로 거듭나게 됩니다. 이들은 육체에서 신으로 승격하게 됩니다. 비로소 이들의 소속은 하나님의 소속이 됩니다.

따라서 재림을 통하여 얻게 되는 놓칠 수 없는 중요한 사실은 사람의 영적 소속이 마귀에서 하나님의 소속으로 이전된다는 사실입니다. 창세기의 선악과를 먹은 범죄의 결과는 사람의 소속이 뱀의 소속으로 이전을 초래하였습니다. 뱀은 곧 마귀라고 했죠?

여기서 또 다른 깨달음이 옵니다. 앞에서 천국의 개념을 설명했습니다. 하나님이 거하는 곳이 천국이라고 했죠? 그리스도는 임마누엘이고, 임마누엘은 하나님이 함께하시는 분입니다. 그가 사람들과 함께 거하고, 사람의 영혼에 하나님의 영인 성령이 거하게 되니 이곳이 곧 천국이며, 이 사람들이 곧 천국 사람들이 됩니다.

이리하여 재림의 목적인 구원과 천국의 완성을 이루게 됩니다. 구원이 인간의 본성이 처음 창조된 본성에서 바뀐 데서 다시 원래대로 돌아가는 것이라면 그것은 어려운 일이 아닐 수 있습니다. 구원이란 단지 과거로 돌아가는 것이기 때문입니다. 과거로 돌아간다는 것이 어렵지 않은 이유는 과거에 있었던 일을 다시 반복하는 일이기 때문입니다. 과거에 있었던 일로 돌아가는 것은 한 번도 없었던 새로운 것을 이루는 일과는 난이도 차이가 있을 것입니다.

구원이 과거로 돌아가는 것이라는 측면에서 천국도 다를 바가 없습니다. 성서 역사 6천 년을 사는 우리 기독교 세계에 천국이란 핵심어구 하나도 명확한 답을 내지 못하고 있는 안타까운 현실에서 우리가 신앙 하고 있습니다. 천국이 무엇입니까? 천국은 어디에 있습니까? 천국은 우리가 가는 천국입니까? 아니면 천국이 우리에게 오는 것입니까? 천국은 죽어서 갑니까? 살아서도 갈 수 있습니까?

많은 지도자가 '천국은 죽어서 가는 곳'이라고 가르쳐 왔습니다. 과연 그럴까요? 천국(天國)이란 하나님의 나라라는 의미죠? 하나님 나라는 하나님이 통치하시겠지요? 그 하나님이 에덴동산에서 아담과 하와를 통치하셨습니다. 그곳에 분명히 하나님이 계셨고 그들을 창조하시고 그들을 가르치셨습니다. 그런데 아담과 하와가 뱀의 미혹에 빠졌습니다.

아담과 하와는 에덴동산에서 쫓겨났고, 그들은 뱀의 나라의 소속이 되어버렸습니다. 모든 인류는 영적으로 이 아담 하와의 유전을 받게 되었습니다. 모든 인류가 뱀의 나라 백성이 된 것을 의미합니다. 인류에게 뱀의 통치가 시작된 것입니다. 이로 말미암아 창세기 6:3에서 하나님은 인류 세상에서 떠나가셨습니다. 그다음부터 인류 세상에서는 하나님이 부재하셨습니다. 하나님이 계시는 나라가 천국인데 하나님이 부재하시니 인류 세상은 이 이상 천국이 될 수 없었겠죠?

이런 천국의 개념이 신성서학적 천국입니다. 신성서학적 측면에서 말하는 천국은 불명확하지 않고 명확합니다. 성서는 인류 세상이 천국이었다가 지옥이 된 사실을 은밀히 기록한 신의 작전서입니다. 뱀의 나라에서 다시 하나님의 나라를 세우는 것을 목적으로 기록된 것이 성서입니다. 그 완성이 재림으로 이루어집니다.

재림이란 하나님이 다시 인류 세상에 오신다는 뜻을 가진 말입니다. 계시록 19:6에는 "또 내가 들으니 허다한 무리의 음성도 같고 많은 물소리도 같고 큰 뇌성도 같아서 가로되 할렐루야 '주 우리 하나님 곧 전능하신 이가 통치하시도다.'" 비로소 전능하신 하나님이 인류 세상을 통치한다고 합니다. 그 하늘나라가 계시록 21:2-3에서 우리가 사는 이 땅에 내려옵니다.[36] 거기에는 분명히 하나님도 와 계시죠? 하나님과 사람들이 함께 하는 곳 그곳이 곧 천국입니다.

이 천국도 구원과 밀접한 관련이 있음을 알 수가 있습니다. 구원은 하나님의 백성들이 뱀의 소속으로 이전된 데에서 다시 하나님 소속으로 돌아온 것입니다. 돌아온 그곳에는 하나님이 거합니다. 그곳이 곧 천국입니다. 그러나 많은 신앙인이 천국을 오해하였습니다. 천국은 '죽어서 가는 곳'으로 말입니다. 그러나 신성서학의 해석은 천국은 결국 재림을 통하여 땅에 세워진다는 것을 강조합니다.

이 천국 또한 어려운 것이 아닌 것은 옛것으로의 회복이기 때문입니다. 창세기 범죄 이전에는 하나님이 사람들과 함께하셨습니다. 그때는 그곳이 천국이었습니다. 이제 다시 성서의 예언대로 그 죄를 씻고, 회개

---

36) "또 내가 보매 거룩한 성 새 예루살렘이 하나님께로부터 하늘에서 내려오니 그 예비한 것이 신부가 남편을 위하여 단장한 것 같더라 내가 들으니 보좌에서 큰 음성이 나서 가로되 보라 하나님의 장막이 사람들과 함께 있으매 하나님이 저희와 함께 거하시리니 저희는 하나님의 백성이 되고 하나님은 친히 저희와 함께 계셔서."

하면 재림이 이루어지고, 재림이 이루어지면 천국도 이루어지게 됩니다. 이때를 만난 신약의 대상들은 살아서 천국에 들어가게 됩니다(마8:11, 요11:25-26, 계 21:3-4).

이런 측면에서 생각할 때, 천국은 낯 설은 남의 것이 아니라, 당연히 찾아야 할 우리의 자리고 권리입니다. 그 자리가 곧 우리가 있었던 자리고, 그 지위가 우리의 본래 지위였습니다. 그 증표가 우리가 가지고 있는 영혼입니다. 우리는 우리의 영혼이 어떤 존재이며 얼마나 대단한 것인지를 모릅니다. 우리의 영혼은 그렇게 고귀한데 우리는 그 고귀한 영혼을 무시하고 대수롭지 않게 여깁니다.

계곡으로 흐르는 청계수(淸溪水)도 원류가 있고, 근원이 있어 흐릅니다. 우리의 영혼은 계곡에서 흐르는 물보다 진하고 가치 있고 정교합니다. 우리가 가진 영혼도 원류가 있고, 근원이 있어 지금 이렇게 존재하고 있습니다. 그 원류와 근원을 찾는 노력에 우리는 게을렀습니다. 우리의 원류와 근원은 무엇일까요? 계곡물이 있게 된 배경과 이유가 있던 것처럼 우리의 영혼이 있게 된 배경과 이유도 있습니다.

처음 우리의 영혼을 이 땅에 내려준 어떤 존재, 그 존재가 우리의 근원이고 원류였습니다. 그분은 '스스로 있는 자'였고, 창조주였고, 하나님이었습니다. 그분이 있어 우리가 지금 존재하고 있습니다. 그분이 한때, 우리와 함께 한 적이 있었기 때문에 우리가 지금 있습니다. 그때가 천국이었습니다. 성서는 그때로 돌아가는 길을 말해주고 있으며 그것이 곧 천국입니다. 우리의 영혼이 존재하게 된 근원을 이해하는 것은 너무 난해합니다. 그러나 그 영혼이 우리 안에 존재합니다. 천국은 그보다 이해하기 쉽지 않나요? 그 어려운 영혼이 우리에게 있는 것처럼 천국도 이해하기 어려우나 있답니다. 그 천국은 우리 영혼의 본향입니다.

2. 재림의 선물인 마지막 때 이룬다는 영생

요한복음 6장과 8장에는 마지막 때, 영생을 준다고 기록되어 있습니다. "내 아버지의 뜻은 아들을 보고 믿는 자마다 영생을 얻는 이것이니 마지막 날에 내가 이를 다시 살리리라 하시니라 진실로 진실로 너희에게 이르노니 사람이 내 말을 지키면 죽음을 영원히 보지 아니하리라."

내 아버지의 뜻이 영생을 얻는 이것이니 마지막 날에 내가 이를 다시 살리리라고 하죠? 그리고 사람이 내 말을 지키면 죽음을 영원히 보지 아니한다고 합니다. 마지막 때는 영생을 얻는다는데 마지막 때는 곧 재림 때입니다. 그때, 하나님의 말씀을 지키면 죽음을 영원히 맛보지 않는다고 합니다.

요한1서에는 성서가 우리에게 영생이 있다는 사실을 알리기 위해서 기록되었다고 합니다. 요한1서 5:13 "내가 하나님의 아들의 이름을 믿는 너희에게 이것을 쓴 것은 너희로 하여금 너희에게 영생이 있음을 알게 하려 함이라." 예수님은 후일 받을 복을 묻는 베드로에게 이런 말을 남겼습니다. 마태복음 19:29 "또 내 이름을 위하여 집이나 형제나 자매나 부모나 자식이나 전토를 버린 자마다 여러 배를 받고 또 영생을 상속하리라."

신앙인들 사이에 영생에 대한 분분한 이견(異見)들이 많습니다. 위 인용문들은 모두 우리 인류에게 영생이 있다는 것을 알려주고 있음을 알 수 있습니다. 이 영생을 우리가 어떻게 이해하고 있나요? 우리는 우리가 아는 것만큼 행하며 살아가고 있습니다. 몇 해 전 세계적인 과학 잡지 사이언스지 표지 글에 과학자들이 아직 밝힌 것은 우주의 비밀 중 4%도 못 미친다는 기사였습니다. 우리의 삶이 대부분 비밀 속에 쌓여있다는 것으로 해석할 수 있습니다. 우리는 모르는 일들이 너무 많습니다.

그래서 구원도 천국도 영생에 대해서도 우리는 우리의 지식으로 판단해서는 안 됩니다. 우리의 생각과 철학은 현재까지의 경험과 지식에 바탕을 두고 있습니다. 성서는 우리 영혼의 본질에 대한 현실 초월적인 지식을 요구하고 있습니다. 우리는 오늘날까지 쉬운 한글로 기록된 성서를 수백 번 읽었지만 성서의 깊은 뜻과 목적을 알아내지 못했습니다. 영생에 대해서 우리가 알고 있는 것은 우리가 현재까지 깨달은 지식과 경험의 수준입니다. 영생에 대하여 말씀하신 하나님의 진리를 우리의 알량한 경험과 지식으로 접근할 수 없습니다. 우리가 영생에 대해서 무엇이라고 속단할 수 없는 이유가 여기에 있습니다.

앞에서 우리는 영적 우주와 영적 인간을 말해왔습니

다. 영생이란 과제에서도 우리는 영적인 것을 간과해서는 영생에 대한 진정한 접근은 불가합니다. 영생은 우리 영혼이 가지고 있는 문제이며 답입니다. 우리는 영혼을 소유한 존재로 인식하며 살고 있습니다. 영혼은 몸이란 도구를 가지고 그 몸을 움직이며 다양한 활동을 합니다. 몸이 그렇게 활동할 수 있는 것은 몸을 움직이는 영혼이 있기 때문입니다.

앞에서 신성서학적으로 내린 결론은 우주와 인간의 몸은 물리적인 것이 아니라, 영적이라고 했습니다. 우주와 몸은 영혼이 만들어낸 이미지라고 했죠? 그래서 사실상 우주와 몸은 물질로 존재하지 않는다고 했습니다. 그런 측면에서 영생을 생각해봐야죠? 우리가 사는 우주와 우리의 신체는 우리의 영혼이 만들어낸 이미지입니다. 그렇다면 우리가 영생이란 어려운 숙제를 풀기 위해서는 영혼의 속성을 생각해야 되겠죠?

성서에는 우리 인간들에게 있을 영생을 수도 없이 반복하여 강조하고 있습니다. 그런데 우리가 영생을 이해하지 못하는 이유는 그 영생이 육체의 영생이냐 영의 영생이냐는 부분에서 육체의 영생을 생각하기 때문입니다. 그러나 성서는 우리의 영혼의 문제를 다루

고 있습니다. 그렇다고 육체가 중요하지 않다는 의미
는 아닙니다. 다만 신성서학은 육체는 오직 영혼이 만
든 이미지라는 입장입니다.

육체는 이미지고, 영혼이 진짜 생명입니다. 인간의
생명 본질은 영혼입니다. 영혼이 없으면 육체도 없지
만, 육체가 없어도 영혼은 존재합니다. 영혼의 기능은
육체를 형상화할 수 있습니다. 영혼이 인식기능을 가
지기 때문입니다. 인간의 생명 활동은 영혼에 의하여
펼쳐집니다. 인간의 영혼은 육체뿐만 아니라, 모든 물
질을 형상화할 수 있습니다. 인간의 삶은 우주 안에서
이루어지는 것이 아니라, 인간의 영혼 속에서 이루어
지고 있습니다. 그러하기, 때문에 세상에 영혼을 가진
사람들이 한 사람도 없으면 세상은 없습니다.

앞장에서 영혼은 '스스로 있는 자' 즉 하나님의 형
상으로 창조 받았다고 소개한 바가 있습니다. 하나님
은 영이며, 신이라고도 하였습니다. 신의 형상으로 태
어난 것이 사람의 영혼입니다. 따라서 사람의 영혼은
신으로 설정됩니다. 그렇다면 '신도 죽는가' 라는 의문
에 서게 됩니다. 다시 그 사연을 성서에서 찾아보겠습
니다.

아담은 선악과를 먹고 흙으로 돌아갔습니다. 선악과를 먹기 전에는 생령(生靈)이었습니다. 생령(生靈)은 산 영입니다. 산 영이란 말이 있게 된 것은 죽은 영도 있다는 말이죠? 아담이 흙으로 돌아갔다는 말은 육체가 되었다는 말이며, 산 영이 죽은 영이 되었다는 말입니다.

창세기 2:7,3:19 "여호와 하나님이 흙으로 사람을 지으시고 생기를 그 코에 불어 넣으시니 사람이 생령(生靈)이 된지라, 네가 얼굴에 땀이 흘러야 식물을 먹고 필경은 흙으로 돌아 가리니 그 속에서 네가 취함을 입었음이라 너는 흙이니 흙으로 돌아갈 것이니라 하시니라."

창세기 3:3에는 "동산 중앙에 있는 나무의 실과는 하나님의 말씀에 너희는 먹지도 말고 만지지도 말라 너희가 죽을까 하노라 하셨느니라." 선악과를 먹으면 죽게 된다고 분명히 밝히고 있습니다. 죽게 된 결과는 산 영에서 죽은 영이 된 것임을 알 수 있습니다. 인간이 선악과를 먹기 전에는 죽음이 없었다는 성서 구절이 있습니다.

시편 82: 6-7 "내가 말하기를 너희는 신들이며 다

지존자의 아들들이라 하였으나 너희는 범인 같이 죽으며 방백의 하나 같이 엎더지리로다." 시편의 이 인용문은 사람은 원래 지존자의 아들들로 신이었음을 나타내고 있습니다. 이들이 평범한 사람들처럼 죽게 되었다는 말은 신들이었을 때는 죽지 않았다는 의미죠? 시편의 본 말씀은 아담이 선악과를 먹고 난 후, 육체가 된 것과 연결고리를 가집니다.

이상으로 봐서 사람의 삶과 죽음은 영혼의 종류에 달려있다고 볼 수 있겠습니다. 신들이었을 때는 죽음이 없었으나 육체로 떨어진 후, 사람이 죽게 되었다는 것입니다. 사람이 신이었을 때는 그 영혼이 생령(生靈)이었고, 사람이 죽게 된 때는 그 영혼이 사령(死靈)이었다는 것입니다.

그렇담 성서가 말한 영생의 의미가 밝혀집니다. 앞에서 마지막 날에 살려서 영생한다는 것은 인간 영혼이 거듭남으로 가능하다는 사실을 깨달을 수가 있습니다. 그것은 사령인 영혼을 생령(生靈)으로 다시 회복하면서 가능해집니다. 인간의 영혼에서 생령(生靈)이 떠난 사건을 창세기 6:3에서 찾아볼 수 있었습니다.

"여호와께서 가라사대 나의 신이 영원히 사람과 함

께 하지 아니하리니 이는 그들이 육체가 됨이라 그러나 그들의 날은 일백이십 년이 되리라 하시니라."

아담의 범죄 이전, 사람의 영혼은 하나님의 형상인 생령(生靈)이었습니다. 그때는 사람들이 신이었습니다. 이때는 사람의 영혼이 생령(生靈)이니 죽음이 없었습니다. 그러나 본 인용문에서는 인간의 영혼에서 하나님이 떠나가게 됩니다. 생령(生靈)으로 있던 하나님의 영이 인간에게서 떠나니 육체가 되었다고 합니다. 육체는 사령(死靈)입니다. 인간에게 죽음이 온 것입니다.

성서의 목적은 아담 이전의 상태로의 회복입니다. 아담의 범죄 이전에는 사람들이 생령(生靈)이었고, 그때는 하나님이 인간들과 함께 거하셨습니다. 마지막 때는 재림 때고, 재림 때는 하나님이 다시 인간들이 사는 세상에 오게 됩니다. 그때가 되면 사람들은 아담 때 지은 죄를 회개하고, 하나님께로 가야 합니다. 하나님이 인간 세상에 돌아온 것입니다. 하나님과 사람이 함께 하니 사람들이 다시 생기를 받아 하나님의 형상인 생령이 됩니다. 사람에게 생령이 있게 되니 사람에게 죽음이 없어집니다.

계시록 21:2-4 "또 내가 보매 거룩한 성 새 예루살렘이 하나님께로부터 하늘에서 내려오니 그 예비한 것이 신부가 남편을 위하여 단장한 것 같더라 내가 들으니 보좌에서 큰 음성이 나서 가로되 보라 하나님의 장막이 사람들과 함께 있으매 하나님이 저희와 함께 거하시리니 저희는 하나님의 백성이 되고 하나님은 친히 저희와 함께 계셔서 모든 눈물을 그 눈에서 씻기시매 다시 사망이 없고 애통하는 것이나 곡하는 것이나 아픈 것이 다시 있지 아니하리니 처음 것들이 다 지나갔음이러라."

위 인용문은 재림 때의 예언입니다. 재림 때가 되면 하늘에 거하던 하나님이 사람이 사는 세상에 오셔서 사람들과 함께 하게 됩니다. 아담 범죄 이전의 상태와 같아집니다. 사람들은 다시 생령(生靈)이 됩니다. 따라서 다시는 사망이 없어지게 된 것입니다. 사망이 없는 것은 곧 영생이 아닙니까? 영생이란 영혼의 문제며, 그 영혼에 생긴 문제가 풀리므로 영생이 가능해지는 것입니다.

이것이 또한 부활(復活)이 아닙니까? 처음은 생령(生靈)이었다가 나중에 사령이 되었습니다. 다시 생령

(生靈)으로 거듭나게 되니 그것이 곧 부활이죠. 이렇게 성서의 핵심 용어라고 할 수 있는 구원과 천국과 영생과 부활이 이렇게 현실화됩니다. 재림의 가능성은 초림이 이루어진 것으로 100%라고 할 수 있습니다. 재림이 이루어지므로 많은 것들이 결정됩니다. 그중 성서가 진리로 결론지어지게 됩니다. 그리고 성서에 기록된 모든 것들이 다 이루어집니다. 그것이 우리 모든 인류의 소망입니다.

　다음 제 2권에서는 재림의 혜택과 재림이 언제 어떻게 누구에 의하여 이루어지는가를 중심으로 전개될 것입니다. 신성서학은 여러분들을 안락한 낙원으로 인도하게 될 것입니다. 제 2권에서 뵙기로 하겠습니다.

　감사드립니다.

[미주 모음]

1) 통일장 이론[unified theory of field] 요약

입자물리학에서 기본입자 사이에 작용하는 힘의 형태와 상호관계를 하나의 통일된 이론으로 설명하고자 하는 장(field)의 이론이다. 좁은 의미로는 중력과 전자기력을 결합시키기 위한 1920~1930년대의 노력을 지칭하며, 1970년대 중반의 게이지 이론에 의해 다시 관심을 끌게 되었다.

지금까지 알려진 힘의 종류는 4가지로 중력, 전자기력, 강한 핵력, 약한 핵력이 있다. 과학자들은 이 힘들을 통일장이론을 통해 입자들 사이에 작용하는 힘의 형태와 상호관계를 하나의 통일된 개념으로 기술하고자 했다.

이러한 통일적 해석은 이미 뉴턴의 시기부터 있었다. 뉴턴(Isaac Newton)은 태양계의 운동과 지상에서 물체의 운동을 하나의 통합된 관점에서 설명하기 위하여 중력(만유인력)을 만들었다.

뉴턴 이후 1870년대에 맥스웰(James Clerk Maxwell, 1831~1879)은 '맥스웰 방정식'을 통해 자기현상과 전기현상을 전자기장 텐서(tensor)라는 하나의 이론으로 설명하였다.

1915년 아인슈타인(Albert Einstein)이 일반상대성이론을 통해 뉴턴이론의 등가원리를 바탕으로 중력을 기하학으로 설명한 이후 아인슈타인을 포함한 과학자들은 전자기 현상과 중력 현상을 포괄하는 새로운 이론인 통일장이론을 연구하였다.

1918년 수학자인 헤르만 바일(Hermann Weyl, 1885~1955)은 처음으로 일반상대성이론과 전자기 현상을 통일하려는 시도를 하였는데, 바일은 이 통일장이론에서 전자를 공간에 연속적으로 분포되어 있는 물질로 파악하고 현재 게이지 변환(gauge transformation)으로 불리는 방법을 활용한 리

만기하학이나 4차원 공간 등의 다차원공간으로의 확장을 통해 중력과 전자기력을 통일하려고 하였다. 아인슈타인은 바일의 연구를 부정하고 자신의 방법으로 통일장이론을 연구하였지만, 문제를 해결하지는 못하였다.

아인슈타인의 통일장이론에 대한, 연구는 광양자 가설의 통계적 성격을 극복하려는 노력으로도 알 수 있다. 1917년 아인슈타인은 자연복사와 유도복사에 대한 논의를 전개하는 과정에서 광양자의 방출이 통계적으로만 이해됨을 알아냈다.

당시 아인슈타인은 광양자에 대한 논의가 불완전하기, 때문에, 양자론 안에 있는 비결정론적 성격에 대한 문제가 해결되지 않는다고 생각하였다. 이를 극복하기 위하여 1923년 상대론적인 장방정식을 바탕으로 연속체 가설과 결정론적 기술이 포함된 하나의 상위 결정된 (berbestimmten) 미분방정식 체계를 유도해보려고 노력했다.

1930년대 빠르게 발전한 원자핵과 소립자 현상의 연구는 중력과 전자기력이라는 고전적 힘 이외에 기본입자와 같은 미시적 크기에서만 작용하는 약한 상호작용과 강한 상호작용을 새로운 힘으로 인식하게 하였다. 이로써 자연계에 4가지 힘이 존재한다는 것을 발견하였다. 약한 상호작용은 원자핵의 붕괴를 통해서, 강한 상호작용은 유카와 히데키에 의한 핵력의 중간자론을 통해 발견되었다.

와인버그(Steven Weinberg, 1933~)와 살림(Abdus Salam, 1926~)은 전자기상호작용과 약한 상호작용의 통일적 기술을 제안하였다. '전자기 약력 이론'이라고 불리는 이 이론은 아주 가까운 거리에서는 두 힘이 같은 힘이지만, 거리가 멀어지면서 대칭성이 깨지며 전자기 힘과 약한 힘으로 나뉨을 보였다. 이는 1984년 가속기 실험을 통해 증명되었다. 와인버그와 살람은 이 이론으로 1979년 노벨상을 수상하였다.

계속하여 강력, 약력, 전자기력을 하나로 묶는 '대통일장이론(grand

unification theory)'의 수학적 기술이 가능하게 되었다. 이를 '게이지이론'이라고 한다. '게이지이론'은 어떤 종류의 전하를 띠고 있는 입자 사이에 게이지입자들이 매개하여 상호작용하는 것으로 설명한다. 대통일장이론은 입자들이 일정 거리 이하로 가까워지면 전자기력, 약력, 강력 등 세 힘이 하나의 힘으로 기술됨을 보여준다. 그러나 이 이론은 몇 가지 문제점을 안고 있다. 이 문제점을 해결하기 위해 초대칭이론을 사용하였으나, 현재까지 초대칭입자는 발견되지 않았다.

대통일장이론에 의해 전자기력, 약력, 강력은 통일되었으나 아인슈타인이 시도하였던 중력과의 통일은 아직 이루어지지 않았다. 즉, 중력을 양자화하는 일에 성공하면 통일장이론을 거의 이루는 것이 된다. 그러나 중력은 거대 규모의 물리학에서 나타나는 물리학이고, 양자론은 미시세계에 적합한 이론이기 때문에 이 두 힘을 합치는 것은 쉬운 일은 아니다.

물리학자들은 이를 해결하기 위하여 '끈(string)'이론과 '막(membrane)'이론을 도입하고 있다. 기본입자들을 끈의 진동이나 막으로 바라보는 시각이다. 이는 고차원에서 중력과 양자론을 결합하려는 시도로 '만물의 이론(TOE; Theory of Everything)'이라고도 불린다.

초기의 초끈이론은 광자와 중력자 등을 끈의 진동으로 설명하기 위하여 자연계를 무려 26차원으로 기술하였다. 그러나 1995년 이후 프린스턴 고등연구원의 위튼(Edward Witten) 박사가 기존의 다섯 가지 이론이 근본적인 차이가 없음을 밝히고 이들을 통합시킬 수 있는 단일한 이론체계인 'M이론'을 제시하면서 새로운 도약의 계기를 맞고 있다. 이 초끈이론의 발전에는 우리나라의 물리학자들도 활발한 연구를 하면서 큰 기여를 하였다.

그러나 자연과 우주의 근원이 물질과 힘이 아닌, 끈과 막에 의해 설명될 수 있다고 믿는 초끈이론도 수학적으로 완벽할지 몰라도 실험을 통한 실제적인 끈의 존재를 입증할 수 없다면 수학적 이론에 머물거나 과학이라기 보

다는 철학적 차원으로 볼 수 밖에 없다는 문제를 갖는다.[네이버 지식백과]
통일장이론 [unified theory of field] (두산백과)

2) 유기체[有機體, Organismus]

일반적으로 생명을 지니는 것을 가리킨다. 헤겔은 유기체를 자연철학의
최고 단계인 화학과정으로부터 정신이 산출되기에 이르는 과정 안에 위치
짓고 비유기적 자연으로부터 생성되고 형성되면서도 동시에 비유기적 자연
을 지양하는 고유한 존재라고 생각한다. 유기체의 고유성이란 그것이 주체
적인 '생명과정(Lebensprozeß)'이라는 점에 있다. 그러한 사고방식의 배
경에는 기계론적 자연관에 대해서 '생명' 개념을 중심에 놓은 셸링의 유기
체론적인 자연철학이 놓여 있다.

헤겔은 '비유기적인 것(Unorganische)'으로부터 '유기적인 것
(Organische)'으로의 이행과정을 다음과 같이 묘사하고 있다. "저 이행은
비유기적인 것의 자기 내 반성이며, 다시 말하면 유기적인 것 그 자체 일반
으로의 생성이다. 그러나 이러한 보편적인 것은 자기 자신에서 자기를 실현
해야만 하며…… 바로 그 운동에 의해서 자립적으로 된다. 이 운동은 보편
적인 것 자신 속으로 치환된다. 유기적인 것은 그 비유기적 자연을 자기 자
신의 것으로 삼는 것이다"[『예나 체계 Ⅲ』 GW 8. 126f.]. 이와 같이 비유기
적인 것으로부터 유기적인 것으로의 이행은 유기체가 생성하여 자기를 실
현하는 운동과정인 것이다.

헤겔의 유기체론의 특징은 생명과정의 유동성과 거기서 형태화되는 '유
기조직(Organisation)'을 하나의 통일된 전체로서 파악하는 것에 있다. 즉
유기체는 "자기 자신을 내몰아 유지하는 무한한 과정"[『엔치클로페디(제3
판) 자연철학』 336절] 속에서 자립적인 '주체'로 끊임없이 자기를 '형태화
(Gestaltung)'함과 동시에 그 형태화 과정으로부터 유기조직을 지닌 개별

적인 '생명체'로서 산출되는 것이다. 지구상에 생겨난 '생명체'는 식물적 유기체와 동물적 유기체로 분화한다. 식물은 "겨우 직접적인 주체인 데 불과한 생명성"[같은 책 343절]이어서 동물적 유기체와 같이 자유롭게 이동할 수 없다. 식물은 빛, 물, 공기와 같은 비유기적인 자연원소들을 외부로부터 받아들이며, 자기를 뿌리와 잎 나아가 꽃으로 형태화하고 그 결과로서 종자를 산출하여 자기 자신의 생명성을 보존한다.

그에 반해 동물은 유기체가 지니는 유동성을 가장 잘 체현하고 있다. "유기적인 유동성이라는 하나인 것, 요컨대 유기적인 젤라틴 모양의 것은 비유기적 자연을 자기로부터 분리함으로써 이것을 자기 속으로 지양하여 자기의 유동성에로 가져오며, 이 유동성으로부터 자기를 근육과 뼈로 분화시킨다. 그럼으로써 바로 유동성, 요컨대 생명을 부여받은 유기적 유동성은 비로소 자신의 내적인 보편성으로 되고 절대적인 개념으로 된다"[『예나 체계 I』 GW 6. 223].

이와 같이 하여 동물은 유동적인 주체성으로서 자유로운 '자기운동'을 행할 수 있다. 즉 동물적 유기체는 외부로부터의 '자극'에 반응하여 이동하면서 비유기적 자연을 자기 속으로 받아들이며, 그것을 동화함으로써 자기를 재생산한다. 헤겔은 동물적 유기체의 활동을 '감수성', '흥분성', '재생산'의 세 가지 계기로 구별하고, 그에 따라 자극을 감각하는 '신경조직', 운동하기 위한 '골조직'과 '근조직(Muskelsystem)', 식물을 소화하기 위한 '내장조직'과 같은 조직형태를 고찰하고 있지만, 이러한 부분들은 통일적인 전체로서의 유기체의 계기로서 비로소 기능하는 것이다.

동물적 유기체는 개별적인 개체로서 생명활동을 영위하면서도 동시에 같은 유에 속하는 다른 개체와 서로 관계하여 하나의 유적 과정을 구성한다. 헤겔은 개체가 병에 걸려 죽음을 맞이하는 것에서 유적 의식이 생성한다고 생각한다. "질병은 [생명] 과정의 계속이다. 유기체는 이 질병을 견뎌낼 수 없다. 질병에 대항하여 보편적인 것인 유가 나타난다. 동물은 죽는다. 동물의 죽음은 의식의 생성이다"[『예나 체계 Ⅲ』 GW 8. 172]. 이리하여 동물적 유기체는 죽음에 직면함으로써 유라는 보편적인 것을 의식하게 된다고 생각되고 있다. 여기서 헤겔은 동물적인 의식이 인간의 '정신'으로 이행하는 필연성을 보는 것이다. −이사카 세이시(伊坂靑司) [네이버 지식백과] 유기체 [有機體, Organ, Organismus] (헤겔사전, 2009. 1. 8., 도서출판 b)

3) 제작년도 1999, 제작국미국, 제작사 Groucho II, Silver, Village Roadshow, 상영시간 136분, 필름

테크니컬러, 감독 Andy Wachowski, Larry Wachowski 제작, Joel Silver, 각본, Andy Wachowski, Larry Wachowski, 촬영 Bill Pope, 출연 Keanu Reeves, Laurence Fishburne, Carrie−Anne Moss, Hugo Weaving, Gloria Foster, Joe Pantoliano, Marcus Chong, Julian Arahanga, Matt Doran, Belinda McClory, Anthony Ray Parker, Paul Goddard, Robert Taylor, David Aston, Marc Gray,음악 Paul Barker, Don Davis, 수상 오스카 : Zach Staenberg(편집), Dane A. Davis(특수음향효과), John Gaeta, Janek Sirrs, Steve Courtley, Jon Thum(특수시각효과), John T. Reitz, Gregg Rudloff, David E. Campbell, David Lee(음향)

철학적 주제에 능숙한 액션안무가 예술적 경지에 오른 최첨단 특수효과를 효과적으로 결합한 SF 블록버스터 「매트릭스」는 앤디와 래리 워쇼스키 형제가 구상하여 대본을 쓰고 감독한 작품이다. 만화가 출신인 이들은 「오즈의 마법사」와 「와일드 번치」, 「이상한 나라의 앨리스」, 「하드 타깃」, 「잠자는 숲속의 미녀」와 성경까지 거의 모든 것을 섞어 넣었다.

주인공 키아누 리브스는 성실한 회사원으로 밤에는 네오라는 이름의 해커로 활동한다. 현실의 진짜 본질에 관한 그의 데카르트적 회의는 아름답고 신비한 트리니티(캐리 앤 모스)를 통해 전설적인 해커 모피어스(로렌스 피쉬번)를 만난 후 확증된다. 정신과 두뇌를 열고 새로운 사실을 받아들이겠다고 각오한 네오는 이전에 그가 '존재했던' 세계는 오래 전 인류가 만든 인공지능컴퓨터들이 통제하는 가상현실프로그램이 만들어 낸 것임을 알게 된다. 살아남기 위해 끊임없이 전류를 공급받아야 하는 그 기계들은 모든 인류를 '극소수의 반란자들과 지하도시 한 곳을 제외하고' 영원한 환각상태에 가두어놓았다.

자동인큐베이터에 의식 없이 누워 있는 사람들은 실제로 자신이 생산적인 삶을 살고 있다고 믿고 있지만, 사실은 흡혈귀 같은 컴퓨터들에게 소중한 모조를 빼앗기고 있는 것이다. 모피어스는 네오가, 언젠가 나타나 인류를 영원한 종속에서 해방 할 전설 속의 구세주라고 믿는다. 처음에 네오는 평범한 주부 같은 예언자(글로리아 포스터)의 말을 듣고 자신이 구세주가 아니라고 생각하지만, 내면의 강인함을 끌어 모아 인공지능기계들의 방어부대를 무찌르는 데 성공한다. 오우삼 스타일의 무용 같은 무술과 샘 페킨파에게 영감을 받은 느린 동작의 총격전 그리고 반복적인 자기확신이 그의 승리를 실현시킨다.

「매트릭스」를 다른 가상현실 SF 영화와 구별하는 것은 그 서사시적 바탕과 묵시록적 암시와 경이로운 비주얼이다. '불릿타임' 슈퍼슬로모션 기법과 와이어를 이용한 곡예 등 새로운 기술과 무술감독 원화평(「정무문」과 「흑협」)의 쿵푸격투장면은 할리우드 블록버스터 액션의 수준을 급격히 높여놓았다. 이 영화의 가장 큰 매력은 비순응과 자기실현이라는 진보적 메시지와 보수적인 할리우드 스튜디오 시스템이 부과하는 장르의 규칙을 조화시킨 점이다. 한 비평가는 '관객들 앞에 엄청난 관념을 제시해 감질나게 만들고는 총격전과 무술대결만으로 만족하라고 하는 건 정말이지 잔인한 일'

이라고 썼다.

또 어떤 이들은 워쇼스키 형제가 트리니티가 중심이 된 긴 격투장면으로 영화를 시작한 것을 칭찬하면서도 그녀가 영화의 나머지 부분 내내 '네오가 사랑하는 대상'으로만 남게되는 점을 지적한다. 이런 모순적 양상은 내러티브의 층위에도 나타난다. 전쟁 이후의 지구가 암울하고 황폐한 사막으로 변했으며 네오가 살던 가상세계에도 편리한 면이 많다는 점을 감안하면 반란군들이 투쟁을 통해 얻으려는 게 무엇인지 알 수 없다. 분명한 건 이런 난제들도 관객의 열광을 잠재우지 않았다는 점이다.

[네이버 지식백과] 매트릭스 [THE MATRIX] (죽기 전에 꼭 봐야 할 영화 1001편, 2005. 9. 15., 마로니에북스)

[참고문헌]

1. 경전

『BIG SETTER GOOD DAY HOLY BIBLE』 (개역한글), 서울, 생명의 말씀사.

『圓悟佛果禪師語錄』 (『大正藏』)

『華嚴論章』 (『大正藏』)

『觀音玄義記』 (『大正藏』)

『法華開示抄/附』 (『大正藏』)

『大智度論』 (『大正藏』)

『大方廣佛華嚴經願行觀門骨目』 (『大正藏』)

『大般涅槃經集解』 (『大正藏』)

『大般涅槃經集解』 (『大正藏』)

전종석 지음(2010), 『대승기신론을 통해본 능엄경』, 서울, 도서출판 예학.

회당조심 엮음(2015), 『명추회요』, 경남, 장경각.

2. 논문

송경숙(2013) 「교회공동체의 신앙형성을 위한 재림 사상 연구」, 『경성대학교 대학원 기독교학과』

조윤호(2012) 「『화엄경』의 여래장적 해석과 성불론」, 『哲學論叢』.

3. 단행본

간하배. 『현대신학해설』. 개혁주의신행협회. 1989.

고범서. 『개인 윤리와 사회 윤리』. 한국신학연구소. 1979.

기독교대백과사전편찬위원회. 『기독교대백과사전』. 기독교문사. 1994.

김광식. 『현대의 신학 사상』. 대한기독교서회. 1975.

김균진. 『기독교조직신학 V』. 연세대학교 출판부. 2000.

____. 『종말론』. 민음사. 1998.

____. 『헤겔 철학과 현대 신학』. 대한기독교서회. 1980.

김세윤. 『주기도문 강해』. 두란노. 2005.

김영한. 『바르트에서 몰트만까지』. 대한기독교서회. 1986.

김희보. 『구약 이스라엘사』. 총신대학출판부. 1985.

남병두. 『기독교의 교파』. 살림출판사. 2006.

목창균. 『현대 신학논쟁』. 두란노. 1995.

____ . 『슐라이에르마허의 신학 사상』. 한국 신학 연구소. 1991.

박근용. 『기독교 사상사』. 숭전대학교출판부. 1984.

박기삼. 『누가 주기도문으로 기도할 수 있나』. 대장간. 1997.

박봉랑. 김용국편. 『새벽을 알리는 지성들』. 현대사상사. 1971.

박윤선. 『성서주석 공관복음』. 영음사. 1981.

____ . 『성서주석로마서』. 영음사. 1990.

변종길. 『천국의 원리』. SFC출판부. 2006.

손봉호. 『현대 정신과 기독교적 지성』. 성광문화사. 1978.

오덕호. 『산상수훈을 읽읍시다 : 산상설교의 문학—역사비평적 연구』.
     한국신학연구소. 1999.

橫超慧日 編著(昭和44年),「法華思想」, 東京, 平樂寺書店.

平川彰 外 二人(1984),「대승불교개설」, 서울, 김영사.

영산회상 구도회 [편] ; 修菩提 엮음. 寂滅成佛錄 : [성불로 가는길]
     수보리, 하문사, [1999]

길희성. 『포스트모던 사회와 열린 종교』, 서울 : 민음사, 1994.

장동선. 『뇌 속에 또 다른 뇌가 있다』, 서울 : 아르테, 2017.

저자와의 협의에 의해 인지를 생략합니다.

THE PAROUSIA(재림)

초판인쇄 2018년 12월 01일
초판발행 2018년 12월 10일

지은이 / 아리 킴
펴낸이 / 연규석
펴낸곳 / 도서출판 고글

서울특별시 용산구 한강대로40길 18
등록 / 1990년 11월 7일(제302-000049호)
전화 / (02)794-4490

＊잘못된 책은 판매처에서 교환해 드립니다.

값 10,000원

무엇이든 물어보세요?
성경의 모든 것
영혼의 모든 것

"강의 신청 받습니다"

이메일 albook1984@naver.com